第广龙 著

一个人

石油工业出版社

图书在版编目（CIP）数据

一个人 / 第广龙著. —北京：石油工业出版社，2019.8
　ISBN 978-7-5183-3458-2

　Ⅰ.①一… Ⅱ.①第… Ⅲ.①诗集－中国－当代 Ⅳ.① I227

中国版本图书馆 CIP 数据核字（2019）第 114534 号

出版发行：石油工业出版社
　　　　（北京安定门外安华里 2 区 1 号楼　100011）
　　　　网　　址：www.petropub.com
　　　　编辑部：（010）64250039
　　　　图书营销中心：（010）64523633
经　　销　全国新华书店
印　　刷　北京中石油彩色印刷有限责任公司

2019 年 8 月第 1 版　2019 年 8 月第 1 次印刷
880×1230 毫米　开本：1/32　印张：6.75
字数：100 千字

定价：48.00 元
（如出现印装质量问题，我社图书营销中心负责调换）
版权所有，翻印必究

目　录

001　　一个带电的人
003　　一个咳嗽的人
004　　一个苍老的人
005　　一个玩胡子的人
006　　一个骑自行车的人
007　　一个整夜失眠的人
009　　一个长得像我的人
011　　一个中风的人
013　　一个偏执的人
014　　一个在暗地里搬东西的人
015　　一个早睡早起的人
017　　一个容易感动的人
018　　一个自言自语的人
019　　一个闭关十五年的人
021　　一个睡在自助银行里的人
023　　一个倒着走路的人
025　　一个专门在大清早打喷嚏的人
026　　一个冬泳的人
027　　一个永远正确的人

028 一个患恐高症的人

030 一个大清早喝酒的人

031 一个自恋的人

032 一个睡觉磨牙的人

034 一个吃玻璃的人

035 一个独自唱歌的人

037 一个爱闻汽油味儿的人

038 一个穿正装的人

039 一个喜欢熬夜的人

040 一个扔石头的人

041 一个经常感冒的人

042 一个攀岩的人

043 一个有洁癖的人

044 一个打呼噜的人

046 一个学会了长时间闭气的人

048 一个过河的人

049 一个铲雪的人

050 一个深夜回家的人

051 一个满脸麻子的人

052 一个养恐龙的人

053 一个蘸水在地上写毛笔字的人

054 一个纹身的人

056 一个擦皮鞋的人

057 一个喝酒话多的人

058 一个数星星的人

059　一个在梦里放火的人

061　一个曾在场面上的人

062　一个学僵尸蹦跳的人

063　一个给我打招呼的人

065　一个以身撞树的人

066　一个叫小惠的人

068　一个节食的人

069　一个伤害过我的人

071　一个猥琐的人

072　一个爱抖腿的人

073　一个迟疑的人

074　一个激愤的人

075　一个看着像小偷的人

077　一个透支信誉的人

078　一个吹笛子的人

080　一个隔些日子总给熟人讲同样故事的人

082　一个画了许多幅自画像的人

084　一个气场强大的人

085　一个给树上刻字的人

087　一个挑食的人

089　一个卖麻子的人

091　一个卖菠萝的人

092　一个补车胎的人

094　一个脸上有疤痕的人

096　一个爱出汗的人

098　一个学鸟叫的人

099　一个戒烟戒酒的人

101　一个改变生活习惯的人

103　一个走着走着不对劲了的人

105　一个高古的人

106　一个没有活够的人

107　一个卖房子的人

109　一个贴办证小广告的人

111　一个满嘴脏话的人

112　一个爱编谎的人

113　一个自燃的人

115　一个让我不自在的人

116　一个能藏住秘密的人

117　一个种花的人

118　一个见过飞碟的人

120　一个说话不停眨眼的人

121　一个有罪的人

122　一个难缠的人

123　一个高声说话的人

124　一个经常虐待亲生孩子的人

125　一个做过器官移植手术的人

127　一个宣称得到高层器重的人

129　一个玩陀螺的人

130　一个跑场子的人

131　一个叫脱稠的人

132　一个独处的人

134　一个爱喝白开水的人

135　一个有时会轻微摇头的人

136　一个经常到公园喂鱼的人

137　一个画佛的人

138　一个骑自行车驮大气球的人

139　一个戴假发的人

140　一个走路总是背手的人

141　一个不能回家吃饭的人

143　一个住在井底的人

145　一个做手串的人

146　一个打哈欠的人

147　一个放生的人

148　一个恶心的人

150　一个梦游的人

152　一个屁多的人

154　一个面容模糊的人

156　一个讨女人喜欢的人

157　一个肚子隆起的人

158　一个装傻的人

160　一个名字不吉利的人

162　一个爱管闲事的人

163　一个会保养的人

164　一个伤了元气的人

165　一个爱吃鹅头的人

166　一个推轮椅的人

167　一个愤怒的人

169　一个爱装死的人

171　一个给铁件探伤的人

172　一个在街上大声念书的人

173　一个整容的人

175　一个养神的人

176　一个跳锅庄舞的人

177　一个跳楼的人

180　一个猝死的人

182　一个减肥进入关键期的人

183　一个说北京话的人

184　一个独自回家的人

185　一个搀扶别人的人

186　一个善于模仿的人

187　一个并非穿越的人

188　一个活着就买了墓地的人

189　一个帮人喂狗的人

190　一个混饭的人

191　一个复活了父亲 QQ 的人

192　一个给肚皮上盖章的人

193　一个不能近看的人

194　一个喜欢指点的人

195　一个双腿弯曲的人

196　一个见识了外面世界的人

197　一个迷恋自拍的人

198　一个长啸的人

200　一个按时按点的人

201　一个随身带着本子的人

203　一个弃生的人

205　一个在晴天连声叫着童童的人

一个带电的人

每个人的体内,都有一个微型的发电厂
发出来的电,只够自用
维持我们走路、呼吸、做爱

我们的身上,都会有一些余电
有时会在拿衣服时,电到自己
也会在和别人握手时,打出火花
我们的电,是有限的

有一些人,身上的电量足
抱起一块石头,石头开始发光
捏住钢铁的器皿,勺子会弯曲、发红
如果谁在路上突然心肌梗死
被这样的人遇上,只要他愿意出手
就可以把停下来的心脏,再次激活

这样的人,白天看不出来
要是在夜晚,脑袋是通透发亮的
包括胸腔、小腹,甚至脚踝这些部位
都布满了线路和发光管

这样的人来到旷野

头顶上似乎有一根天线

和星空的一些星星连接着

这样的人,也在参与天上的发电工作

星星整夜都那么亮,就有他们的功劳

一个咳嗽的人

一间房子里,这个人在咳嗽
一声接着一声,在咳嗽
咳嗽,咳嗽,咳嗽

有短暂的停歇,在压抑,在克制
随后,咳嗽得更剧烈了

房间里的其他人
也开始咳嗽,开始是一个两个
渐渐的,更多的人加入进来
就连不咳嗽的人,也不由咳嗽了起来

在一声一声的咳嗽声中
这个人的咳嗽声音最大
他的跟前,有一个话筒

一个苍老的人

不是谁都能苍老,苍老不需要怜悯
一个苍老的人,坐在冬日的太阳下
晒他的老年斑,他有这个资格
静止的神态,如一幅遗像
他有这个资历,他从阴间借来了躯体
就是为了晒一会儿太阳

一个玩胡子的人

一个人到了一定年纪
比如五十岁,六十岁
就应该留胡子了
最好是山羊胡
这可以让一个人变得沧桑
也变得亲切
如果有的人,总是玩自己的山羊胡
山羊胡也翘翘的
那就相当于一次次明显的手淫
其快感和手的力度和频率
是有关系的
而且,和真正的做爱相比
也不累,这正好适合于
年纪大的人

一个骑自行车的人

山坡顶上，一个骑自行车的人
支起自行车，坐到了一块石头上
一边擦汗，一边掏出了纸烟

山顶上风大，这个人虚掩了身子
勾着头，一遍遍点火
终于，头顶上冒出了烟
又很快飘散，消失
抽完一支纸烟，他用力摁灭烟头
站了起来

下山的路，就省力多了
只见他抬高身子，扶着自行车把
描画着曲折的山路

一个整夜失眠的人

一个人，像一件易碎品
前半夜，被床单颠簸
后半夜，贴在天花板上
因为长时间苏醒
能闻见肉体发酸的味道

一点细微的声音，都会导致
彻底失眠，包括自己的翻身
睁开眼睛，又闭上眼睛
和自己打架，仇恨自己的大脑
和四肢，也仇恨睡梦
为什么比钻石还难得

惧怕黑夜的来临，也惧怕白天
"昨晚睡了个好觉。"这多么奢侈
于是，睡眠比死亡还要庄重
希望每天都死一次，却常常停留在
人间的边缘，却要在天亮以后
把散落的骨头重新黏合

可以关掉台灯、落地灯
如果有开关，愿意把自己关掉
愿意在晚上，作一个假人

一个长得像我的人

一次在火车站的出口,一次在大街上
还有一次,是电视新闻的画面上
我看到的人,长得和我那么像
让我吃惊,似乎看到的是另一个自己
存在于这个人世,我却不知道
更不认识,似乎是被有意分开的

似乎,我有几个化身,在我的知觉之外
替我生活着,替我做梦,替我远行
替我把日子度过,替我忧伤也替我快乐

还有一次,我的同事说,在外面吃饭
看见我也在吃,却低头不理他
过去拍了一下,看到对方责怪的眼神
才发现不是我本人,同事说
几乎一模一样,连穿的衣服
除了脖子上那颗黑痣

那么，我的肉身是真实的吗
那么，我只是我自己的一件复制品
那么，我不是我，这几十年的光阴
发生在我头顶的灰尘，都是虚幻的
都无从验证，也没有来源？

只有一次，就是在火车站的出口那次
我遇见的那个长得像我的人
跟我一样，露出了诧异的表情
然后，就被人流冲散了，一起冲散的
似乎还有我和另一个我，重合的可能

我明白，我是唯一的，长得像我的人
只是面貌和身形的相似，我们都有各自的天地
我们无法互为对方，假如真的在一起
也许会觉得尴尬，就像把自己分离出来了
却让自己换一种方式，来观察自己
甚至评价自己，而产生自我与他我的排斥

那么，我就不再为长得像我的人操心了
那么，我就不应该像一个特型演员那样
失去真正的自我，我得活出我的可能和意外
我得为自己活着，为我的过去和将来，活着

一个中风的人

又回到了婴儿期,重新学习走路
被搀扶着走,拄一根拐杖走
两条腿是借来的,双脚不是自己的
跳跃着,小步幅跳跃着
模仿了身旁的麻雀

开始,活动的范围,只是居住的楼下
走一会儿,歇一会儿
眼光里有石头,也有玻璃的碎片
后来,总是在黎明之前,出现在路上
提起一口气,提起一根前世的绳子
来回走,不停走,世界缩小了
走着去远方,只在梦里发生
在梦里,闪电曲折,穿墙而过

一个完整的人,却像是组合而成的
给自己发出信号,被自己拒绝
或者在一个拐弯处短路
不听话的腿脚,真想狠狠敲打
却不停讨好,用在天堂里预支的糖果

收到了春天的请帖，但有一条腿
　　假腿一样，木头腿一样
每一次迈步，都做出踢踏的动作
似乎要把自己的影子，剥离开
只留下，这辈子积攒的坏名声

一个偏执的人

一定要把手伸进火里,疼是肯定的
能在舌尖上舞蹈的盐,也会在大海里游泳
吃饭离不开大碗,不然不吃
即使吃了,也很不高兴
行走的线路是固定的,路边那个卖水果的人
现在的样子,必须和十年前一样
感冒了不吃药,洗澡用冷水
正确的做法,一再证明生活的错误
并且要适合于脚踝扭伤,泡茶
了解的常识,多于跳蚤和公鸡
在牛顿之前,率先咬了一口苹果
气球升天了,这怎么可能
地上有太多的动物,只允许人直立行走
在头上拧紧螺丝帽,连一圈丝扣
都不会剩下,答案总是在石头变软前揭晓

一个在暗地里搬东西的人

后半夜,暗地里
一个人在搬东西
哐啷哐啷,哐啷哐啷,
在搬东西
似乎搬来了黑暗
似乎要把黑暗转移出去
暗地里,东西一定比白天重
黑暗加重了东西的重量
看不清什么东西
也看不清人
只是听见,搬东西的声音
在后半夜,声音很响
为什么不睡觉
多重要的东西
非要这时候搬
这个人不知道他吵醒了我
也不知道
我的疑问

一个早睡早起的人

谁愿意和自己多待一会儿
谁愿意和多数人相反,早早睡,早早起
似乎是一个异类,在别人的夜生活刚开始时
在夜猫子正兴奋时,就入睡了
不管外头热闹,还是冷清
都不在意,不关心
只是有梦也许无梦
只是床头上风急雨急,只是鼻息间山高月小
错过就错过了,说是躲避也无所谓
起来的也早,这也是自然的
并不贪恋床的柔软,早睡就是为了早起
起来也是独自一人
夜色依然,灯影迷离
在外面走,一个人走
如一个梦游者,如一个在空出来的后半夜
填充身影的行为艺术爱好者
鸟未叫,大地未醒
走在黑暗里,感知露水的清洁
也能等来黎明的微光
如此重复,如此面对自己

孤独自己，有被剩下来的承受
有被多出来的坦然，这样做
不是遵循古老的法则，只是多年养成的习惯
身体服从了身体，也服从了时序的另一种形式

一个容易感动的人

谷壳遇见了风,也能飞很远
这个人的库容,随着雨季增加了
时代的大坝,可以有蚁穴
可以有大树,在夜里静止
又能穿越关于饥饿的访谈
为什么不呢,眼泪会有的
降压药也会有的,天那边的孩子
海那边的椰子,或者能吃石头
或者把月亮砸出一个大坑
这个人并不脆弱,有时还虐待自己
宠物狗领教了铅笔的滋味
遮阳伞从脚下升起,又有什么要被淹没了
对方对此,还一无所知

一个自言自语的人

是自己和自己说,还是假设了一个
倾听的对象,有坐下说的
有边走边说的,有的在生气
伴以猛烈的手势,来回砍着空气
有的说着说着,竟然跳起欢快的步子
也许实现了偷情的愿望,也许捡到了梦里的元宝
有的一脸愁苦,也许蒙受了多年的委屈
选择在这时释放,也让阴天变晴天
有的只管不停说,不理会过往的行人
有的看到有人奇怪地看他,显得有些不好意思
马上停止了说话,还扭头看一棵不存在的槐树
这天早晨,我也在自言自语
我说的是"这和我没关系""这和我没关系"
这句话我不停重复,说了许多遍
就是有人听见,也不会知道是什么意思

一个闭关十五年的人

一个闭关十五年的人
必然会再次出现
人们议论他,赞美他的耐心
十五年,一颗心重新长出来

当年他自愿消失,离开这座大城
没有人回忆他,牵挂他
夜夜歌舞,夜夜醉
其中原来也有他,他走了
人们依然过活得自在

他看淡了短暂的荣辱
却牢记着长久的功名
他到一个岛上去修炼
每天用海水照镜子
每天捡椰子,独门秘籍
刻在椰子壳上

如今他回来了,十五年前
没有人知道他,十五年后

他已经是一个人物，即使再死去几代人
他的名字，也能流传
他用十五年光阴，再生了一次
即使还是为了回到这俗世中来

一个睡在自助银行里的人

冷风吹刮树叶,吹开散漫的月色
露水收敛,虫声喑哑
秋天的夜晚,深刻下去的是寒冷
谁在外面谁知道

这个表情麻木又平静的人,身边有编织袋
还有一只瓷片脱落的茶缸
现在,就睡在自助银行的后半夜
睡在自动取款机的吞吐口下面
朝外伸出一双大脚
鞋底上的污渍,还在扩大
已经没有来路的痕迹,也失去了追索的方向

不会有人来了,不会有人
干扰你的睡眠,多么合适的栖身处
玻璃的大门,彻夜不息的灯光
光滑的石材地板
都属于你,在天亮以前
取款机里的财富,也可以
收入你的梦乡,只是千万
别把你惊醒,不被冻僵
才是你的福气

你没有铁锤,也没有借记卡
如果可能,更愿意梦见一个火炉
暖热前胸,暖热后背
你翻了个身,这时
冰冻的天上,划过了一颗流星

一个倒着走路的人

一个倒着走路的人,后脑勺上
没有长眼睛,抖动不已的屁股
戴着恐龙时代的面具

身体似乎要脱离开
身体似乎是石膏的模子
在后退中,退出来一个身体
又退出来一个身体

不会走向人生的反方向
更不会返回小学一年级,返回子宫
就是新婚之夜,也无法重现
就是昨天,也已经消失

不是为了挽回,霉变的时间
和烦乱的灰尘,只是扭曲了
习以为常的惯性,找到了挫折感
也显示出抗拒庸俗的能力

我在正常走路,竟然有些难堪
为我的颈椎和脊椎,也为我的脚踝
还为我看见的百货商场

不过，我也有一丝担心
对这个用如此方式加大生命阻力的人
我担心他向后跌倒

一个专门在大清早打喷嚏的人

早上，在花园里，每天
都有一个中年妇女，在不断打喷嚏
她以这种方式，在锻炼
她通过不断打喷嚏
在锻炼，我只是奇怪
她哪来那么多的喷嚏
一次次抖动面部肌肉和筋骨
一次次让浑身振动
只见她摆好姿势，仰着头，大口呼进冷空气
一会儿，她的鼻子跳起来了
张大嘴，又是一个响亮的喷嚏
似乎在满足着她的性欲，和支配身体的愿望
我认为她不是表达对这个时代的不满
她只是保持了这么一个奇怪的嗜好
她会不会是个鼻炎患者呢
她是否对花粉过敏呢
我真想问问她

一个冬泳的人

凿开冰冻三尺,一个人下水了
没有纹身的海豹皮,也没有北极熊的浮冰
剧烈的寒冷,针灸着肌肉和脚踝
一个人以极端的方式
在湖面上开辟出了一个子宫
用笨拙的四肢,用臃肿的身体
要孕育一次,新生一次
这个人再次出现在积雪上时
学会了企鹅的步子

一个永远正确的人

我曾经敬佩一个人
为他满脑子的科学
也理解他的极端和偏狭
他从来没有错误过
只要出手,都代表了词典和宪法
近来,他在打架
影子晃动,身子晃动
没完没了,却一层层脱光了自己
他甩动看不见的铁锤
挥洒阴间抓来的沙子
我的耻感增生,在心里拉掉了一个名字
包括他的正确,他的光环
那些不断衍生伟大的真理
今后都被我拒绝
因为我辨清了一个人的两面
他的这一面,比另一面更黑
我今后愿意减少知识
愿意傻瓜一样,在外面晒太阳

一个患恐高症的人

也许是一次梦里的坠落
我在加速下行,却始终没有落地
这样的惊恐,伴随着我,不止一次
害怕来到高处,哪怕是天堂
也会让我失足
悬崖边,楼顶,另一个我
不再和我重合,已经掉下去了
原地的我,似乎也在追赶
一个影子,也是一个实体
我和我都抓不住一根想象的绳子
无法变轻,变成羽毛或者气球
无法蒸发,可是我却一次次逼迫自己
走向虚空的边缘,那些年
我攀爬糊满油污的井架,在顶端站立
用钢钎撬动天车,我的腿在打颤
我的身体,随时会被我扔下去
却保持了稳定,似乎有两个我
在互相帮助,互相照应
这以后,我的恐高症
变得更加严重了

即使不再登高了,即使在地面上
我也悬浮着,我的神经悬浮着
马上就要失去控制,就要松开

一个大清早喝酒的人

清凉的风中,整个身子熄火了
转动的碗沿,不是方向盘
热汤波动,映照出了天边的霞光
酒瓶子就在旁边,冰凉的液体
燃点和汽油一样,却能让脑子眩晕
让身子里的公里数模糊
坐在早餐的人堆里,理由多么正当
——可以多睡两个小时!
一个跑了一夜的出租司机,咬了一口饼子
把五十度的太白液,灌进喉咙
灌进摇晃的油箱,发软的双脚
这时踩在一地的蒜皮上,颠倒的时间差
发生了雨刮器一般的梦幻

一个自恋的人

不往头上插花,也不跳进镜子游泳
爱干净,床单上找不到弯曲的阴毛
也没有潮湿的火药残渣,爱惜姓名
主要在身体之外,但不在人世之外
更不在世界之外,最容易受伤的
也不是皮肤和鞋,而是上一辈子的传说
和隔夜的美德,以及来之银河的零件
常常游离于葡萄酒瓶的瓶口左右
也会去失物招领处,询问一个梦的真实

一个睡觉磨牙的人

常常在半夜,我被我的磨牙声吵醒
我醒来了,磨牙还惯性地继续一会儿
在寂静的黑暗里,尖利的声音让我心惊

我知道,老鼠喜欢磨牙
不然牙齿就会越长越长
跑到嘴巴外面,老鼠咬木箱
咬笤帚把,就是要把牙齿磨短

我的属相不是老鼠
为什么也会磨牙,这让我苦恼
我担心这样下去,我的牙齿
早早磨光,只剩下残损的牙床

大夫说,肚子里有虫
才会磨牙,我吃了一包又一包打虫药
我的磨牙声,依然响彻每一个夜晚

会不会和谁结下了深仇大恨呢
即使在梦境里,也不由自主
磨牙像在磨刀
如果真是这样,这符合我的性格

我是一个懦弱的人,白天掩饰自己
却把怨气和痛苦积攒下来
并通过磨牙来释放

可是,我还没有这样的敌人
还没有哪个人,会让我不能放过
要磨牙霍霍,要咬成碎片

也许没有答案,也许
我磨牙,就是自己和自己较量
白天,我是我,晚上,我是另一个我
两个我,是一个我
又是异体的组合,矛盾的我
只有到了晚上,才自己和自己打架

如果真的是这样,我这一生
都活在内心的冲突中,我的牙齿掉光了
装上一口假牙,我也磨牙
在这个荒诞的人世,我不勇敢,不坚强
我只能以磨牙这种方式,把自己折磨

一个吃玻璃的人

吃下去,把玻璃吃下去
吃米饭,吃面条那样吃下去
能否窥视,看见玻璃的骨骼
用强光照射,是否成为一团发光体

玻璃在口腔里如何粉碎
如何通过肠道,又如何消化
能否把吃下去的碎玻璃,在体内
还原成一块完整的玻璃,如果能做到
在体内,一定要有一排巨大的窗户

事实上,吃玻璃仅仅是一个业余癖好
玻璃还是玻璃,玻璃和吃玻璃的人
都不会发生改变,即使跌倒在地
也听不见碎裂的声音,即使在睡梦里翻身
也不会划破夜晚的黑暗

一个独自唱歌的人

嗓子变形,五音跑调
一个内向的人,常常一言不发
从来不会当众唱歌
独自在家时,站在阳台上
突然间,却会吼出几句流行歌曲

走过秋天的街道
步子匆忙,看看左右无人
也大声歌唱,一句和一句
都没有关系,或者
就是重复一支曲子
却那么满足,陶醉

唱完之后,会有些羞涩
对于自己的表现,还有些奇怪
这是自己吗,这是本人吗
似乎唱了一阵歌曲
也是出格的,也是不应该的

实际上,多少次了
都幻想着登上舞台,面对欢呼
唱出来的,是天籁之音
却明白这绝无可能

就自己给自己当歌唱家吧
独自歌唱,独自评价
不过,你不会给自己鼓掌的
这只是生活的缝隙里
发生在一个人身上的
小小的插曲

这个在无人处唱歌
而且只能唱几句的人
就是我

一个爱闻汽油味儿的人

找不到具体的原因,只有理由是确切的
这能让他迷醉,获得飞驰和燃烧的快感
有一次,竟然达到了性高潮

身体内部,没有油箱,没有发动机
不然,就直接加汽油了

他的这个爱好,产生于幼年
曾追逐汽车,也常去汽车站
难道,是速度和向着陌生远方的出发的愿望
是机器的神奇,导致了嗅觉的错乱
使他在意识里,试图改造自己?

即使真相破解,也不打算改变
或者已经成瘾,这是难得的病症
这样的刺激是必须的,于是
身上总装着一只汽油打火机
不时拿出来打火,却不用来点着烟卷
好像一个玩火者

一个穿正装的人

喝下了青蛙的药水
已经神灵附体
也把旧石器时代,翻新了一次
他的衣服,和他的肉体
互相校正,符合道德标准
并一起发育,纽扣是肉的
口袋是肉的,左边的口袋
装着物理,右边的口袋
装着数学,晚上在齿轮和三角尺上睡觉
夜深了,脚尖流出了机油

一个喜欢熬夜的人

似乎在折磨自己,并由此获得快感
获得活着的盐粒,从肉体到灵魂
都是一道老汤,用慢火,用夜里的黑
和无来由的等待,和乌托邦
头顶的电灯,已经烧坏了一个灯管
头顶不会冒烟,手指还在敲打
桌面因此出现凹坑,远方的回声
豹子的皮一般斑斓,秘密因此在异地释放
又能够在恰当时机,收回于眼镜盒
不是睡不着,是不愿睡
饥饿也是一种,情欲的熄灭也是一种
最后出场的道具,散场了也不撤离
哪怕只是耗着,也耗得起
铁锅不会烧穿,瓦罐不会出现裂纹
品尝出来的味道,是自己的味道
安静,又略显躁动

一个扔石头的人

扔石头成了习惯,总在扔,不停扔
不分时间,场合,也不管情绪好坏
往水里扔,扔得远,还打出水花
往沟里扔,落下去,才到沟沿
也往人身上扔,往人的影子扔
往狗的吠声扔,往乌鸦的新衣服扔
这么扔,有特定目标吗,打准了吗
往暗处扔,能不能听到回声
往棉花包扔,往树梢扔,扔出去的石头
又返回来,还是那个石头吗
往镜子里扔,往梦里扔
石头疼不疼,有多疼
往童年和老年扔,石头比石头还倔强
石头比石头还无聊,往民国扔
往宋朝扔往上下五千年扔,扔出来一个生辰纲
还是一腔书生气,一抹残红
往中国扔往外国扔,往太平洋扔往南极洲扔
那里缺石头还是不缺石头也要扔
后来无处可扔了,往自己的眼睛扔
眼睛瞎了还扔,瞎着眼睛
还要往天上扔,往月亮和星星上扔

一个经常感冒的人

谁没有得过感冒,严重的睡几天
发烧,昏迷,棉花那样轻,那样松软
感冒是致人死亡最多的病
我小时候就听说了,主要是引发其他病
可也获知,经常感冒的人
能增强抵抗力,反而命大
身体强壮,老不得病的人
一场小病就撂倒了,抢救不过来的也有
喜欢感冒呢,还是害怕感冒
有时候,真的愿意感冒
体会病的缓慢,体会软弱
体会整天在床上,却不能出去走走的怅然
尤其要体会,亲人在身边的问候
体会自己的重要,像小时候一样

一个攀岩的人

身子是从石头上卸下来的
更是从石头里剥出来的
石头弯曲,有了柔软的质地
身子能够贴紧,照原样把身体再放进去
也能晃荡开,石头里发射出来的一样
和石头呼吸一致,和石头一起吃跳跳糖
上去,吊绳和挂钩上去
身子里有石头的构造,石头的纹理
上去的身子,和石头一起上去
石头也在上去,直到不能再上了
才停下,停成一个圆顶
或者是一个平面
上去的身子,在上到最上面的那一刻
突然感到了天空的坚硬
上去的身子,石头的身子
发生了严重的骨折

一个有洁癖的人

这个世界,是脏的,却无法不外出
不敢触碰一条狗,也憎恨擦身而过的一个人
他的影子里,有灰尘
床单是脏的,窗帘是脏的
恨不能悬空,恨不能进入一个容器
空气是脏的,不得不呼吸
毛巾是脏的,得使用
肥皂也是脏的,得拿来清洁
手也是脏的,是自己的手
一天到晚,都泡在水里,都发白了
失去了血色,如同死人的手
也因为恶心,减少了做爱的次数
虽然高潮到来时,也会发出低低的吼声
吃下去苹果,米饭,会发生变化
这也带来恐慌,但又不能取消进食
如果可能,把内脏掏出来清洗
把肠子换掉,换成尼龙的
也愿意

一个打呼噜的人

这个人死了,这个人死于老虎的咆哮
死于喉咙里的扳机,死于雷公的怒火
这个人,死于自己的睡梦
和睡梦里的黑铁

这个人,唯独没有死于诅咒
没有死于脑电波的曲线,没有死于梦里的点心
没有死于暗洞深处的息肉
这个人的死,既是真的,又是虚构的
说这个人死了,是说还处在生死的边缘
还没有咽下最后一口气,是说这个人
随时都可以复活

就这么战斗,在想象中
在假设中,在虚无中
停息的间歇,才是最揪心的
持续的时间越长
越会增大意外的概率
推上一把吧,这个人
又从阴间回来了,身体的隐身术
还没有失灵过,一个身体
与另一个身体,离开或者重合

一个人

既十分明显,也不易察觉

平时的弱者,此时成为暴徒
设若朋友多多,也尽可树敌
那么体谅他人,处事周全,现在也被新的法典左右
并非自私,睡着了什么也不知道

我就是一个打呼噜的人
已经有很多次了,我被自己的呼噜声吵醒
我只是恍惚一下,又沉沉睡去

一个学会了长时间闭气的人

是的,他做到了
他可以闭气,可以许久不用呼吸
这几乎是导致一个人死亡所需的时间
他做到了,他不会死
也不会难受

他在盛满了水的脸盆里练习
一次次把头埋下去
开始时间短,开始,肺都要爆炸
慢慢能坚持一会儿
慢慢就延长了对自我的窒息

他不是杂技演员
也不打算当众表演
这纯粹是他的个人爱好
他痴迷闭气,几乎当成了
一项事业

他闭气的时间越来越长
已经不满足在水里这样做了
他开始在走路时闭气
在跑步时闭气,后来

在睡着后,也能闭气
在睡梦里,也能闭气

他习惯了闭气,反而觉得
呼吸是反常的,是不应该的
反而觉得,空气对他是有害的
只有闭气,让他体验到了超常的快感

他已经确立了下一个目标,就是:
闭气闭一天,一天也不呼吸
然后,闭气闭一年,一年也不呼吸
假如练成了,他的呼吸功能
就会退化,就像身上的盲肠

不过,到他死去的那天
会遇到难题,是闭着气死呢
还是呼吸着死,如果闭着气死
不知能不能死,也不知算不算死

一个过河的人

他提了提裤腿,河水的衣裳
收缩出许多褶皱,也提起了
这个黄昏的黄金,那跌落的溶液
提起了故乡,柳树的树冠
解开的头发,凌乱,要挣脱出去
他的粮食在腐烂,妻子在哭
脚下是水,水刚过脚踝
他走得慢,似乎是水流的阻力
似乎又不是,到了对岸
他这一生,就基本过完了

一个铲雪的人

这场雪也在你的体内,铲雪
铁锹触碰到的,似乎是硬物
似乎是你的骨头
吸收了光线和灰尘的雪
板结的雪,使你呼吸急促
使你看不到这个时代的反光
铲起来,堆起来
你在堆一个雪人,一个黑皮肤的雪人
一个有石头般肌肉的雪人
这个雪人,在太阳下没有融化
在每一个晴天,都继续变脏
你心里的雪人,已经坍塌
已经污秽不堪,而你却无法清除
无法把你这半生积累的死皮
排除体外

一个深夜回家的人

似乎在归还借来的身子，也像把
　散失的影子，一点一点收回
　　孤零零的脚步，高低不定
　扶不稳的酒瓶子，那一道残光
还留在手背上，就是要出去
　厌倦了茶几、马桶和百叶窗
逃避的方式，是一场外面的泡沫
　和血液的麻醉，短暂的放纵
　　到后来，也终于无聊
到后来，还是要摸索着灰白的楼梯
　找到开关，照着熟悉的家
觉得自己像个外人，下一个白天
　这样的循环还要继续
　解脱是徒劳的，日子重复
　没有意外，刺激也变得麻木
　　这成为习惯，以至于
不再需要理由，只是深夜的四肢
　在等待安放，在盼着离开的
　　以至于发生了扭曲

一个满脸麻子的人

我见过许多一脸麻子的人
都对人热情,也不在乎
别人的评说
初次相见,有些怕
怕麻子转移到自己的脸上
有一个小孩曾问
脸上为什么那么多窝窝
说下大雨,雨点打出来的
我认识的一个麻子脸
喜欢笑,乐于帮助人
习惯了,看他一脸的麻子
也不难受了
有一天,他脸上的麻子
全都消失了
他在医院里,做手术去掉了麻子
再见到他
我和他都不自然

一个养恐龙的人

是的,那颗已经成为化石的蛋
竟然在火山口孵化成功了
你牵着它,已经喂光了三个晚上的桉树叶
和一个夏天的绿洲,已经可以抬起身子
瞭望北回归线了,一百个睡梦
才能藏起这巨大的身躯,没有玩伴
没有玩具,在虚构的湖泊里
孤独的洗澡,不知是谁生育了谁
又继承了谁,后半夜才能领出来散步
走过未央大街,影子在月亮上
月亮发生了一阵月食,养恐龙的人
又一次掐了大腿,又一次疼醒来了

一个蘸水在地上写毛笔字的人

这些书法爱好者,也爱好飞行和虚无
提着水桶,提起拖把和去年的胡子
蘸水写字,姿势不雅
似乎在辨认水泥地上的斑点狗
也像在对着太阳放屁
写下的字,是蝌蚪也是青蛙
是新华字典也是民间药方
保留的时间不长,但足够自己看
也能满足几个旁观者,临摹和评点的愿望
就为了消失才写的,就为了短暂的快感
商场门外的空地,公园的人行道
就有这样的人,突然使脚下发生改变
出现一扇门,出现显灵的咒语
然后被水泥地吸收,也在空气里
释放甲醛和荷尔蒙的味道

一个纹身的人

搬来动物园,是否也搬来了兽性
还有一座花园,也找到了替身
鬼魅的香气,弥漫在隐秘部位
也可以锻造兵器,可以让一个伟人
为你出汗,看你拉屎
全身都覆盖的,是教堂的穹顶
还是山野的岩画,刚被雨水淋湿
也有刀锋的寒光一闪,只是留下
嘴唇的印记,指纹的印记
在提醒一次出轨,一次癫狂
还记得吗,小小少年
拿钢笔尖,在手背上刻画
为了体验受刑的痛苦,和随之伴随的快感
有的只是自己看,也会让一个闯入者发现
有的就是让别人看的,裸露的方式
可以在床上,也可以在广场上
只取决于衣服的长短,和意外发生时
有没有尖叫,和阵阵喧哗
纹身跟着身子一起老吗
纹身的呼吸,在夜晚是否继续
有的在保存,有的在清洗
有的为了记住,有的依然遗忘

在这个秘密增多的时代
秘密正在大量减少,哪怕
和身体的关系,是如此紧密

一个擦皮鞋的人

是应该擦拭蒙尘的皮鞋了
把黄昏也擦去,这是不可能的
你的黄昏就停住在油污的手上
身边是你的孩子,在玩耍一叠广告纸
你一边动作着,我能看见你的头顶
和你的脊背,一边不住给孩子说
长大了要有出息,别学你妈
见人过来就问擦不擦鞋,只能挣辛苦钱
我坐在高凳上,有些难为情
虽然是付费的交换,我觉得我对你有所剥夺
虽然你的低微里,包含着我的低微
我也对你造成了伤害,可我知道
如果没有人坐上你面前的高凳
你得到的,也许只有怜悯
孩子似乎没有听进去什么,还沉浸在
折叠的快乐中,眼眸闪闪发亮
让我欣慰,又让我不安

一个喝酒话多的人

喝酒的人,都话多
要喝上一阵子,才会有一个人
最多两个人,耷拉着头
一言不发,摇醒来
还会问这是哪里
要是平时喝酒,这天恰好不能喝酒
看谁,都不正常
看那个话多的人,咋看
都觉得不是他本人
我由此知道,我醉了才不是局外人
我醉了,才能和我相遇

一个数星星的人

我走在返城的路上,快要下山了
我停下,山下,灯火编制的渔网
在谷地和平原抖动,无数的灯
无数的鱼眼,我不久也将钻入其中

头顶是星空,星星密集
似乎在鸣叫……
是虫子在鸣叫,身后是墓地
山坡上露水一片

死者来到了高处,活着的人
偶尔会看看星星
星星如同针眼一样
漏风漏雨的星星,不知哪一颗
冰凉过我的手指

我在数星星,短暂的热情
已无法清点,我清贫而美好的过往……
走下山坡,大地和天空
恍然之间,似乎发生了翻转

一个在梦里放火的人

经过了太久的压抑
终于从天上借来了胆子
有名火,无名火,一堆一堆火
烧起来了,烧起来了
用秋天的树叶,用书里的黄金,
用绵羊和山羊的羊毛,用老虎皮用灯笼
用山顶的云彩,用河床上空的大雾
能烧的不能烧的,都往火里丢
熊熊火光里,时间是虚拟的,
镜子能加倍热量,火上浇水也能使火焰更大更高
一堆一堆火,烧了求爱失败的尴尬
烧了失业的恐惧,烧了无家可归的忧愁
烧了告状无门的憋屈,烧了进退无路的绝望
烧吧,烧吧,烧了亲人的照片
亲人的笑容后退、变形、弯曲
这才变得真实,这才让亲人复活
再相聚一次,再话别一次
烧了故乡的炊烟,烧了牛车的绳子
烧了水井里的月亮,烧了月亮上的阴影
烧吧,烧吧,烧了往事
不管离得近,还是离得远
烧了饥饿烧了仇恨

烧了二十四节气烧了十二属相
烧了风的衣裳，烧了铜钟的涟漪
烧吧，烧吧，连天堂的梯子也烧了
连地狱的门牌也烧了
这个放火的人，这个疯子这个正常人
一会儿大笑着，一会儿大哭着
一会儿僵立着，一会儿摇摆着
这个人，把能烧的都烧了
还不甘心，最后把自己也烧成了一团火球

一个曾在场面上的人

一个人，经历过至深的寂寞
也有过喧天的热闹，如今
开水放凉了，凉开水在结痂
别人追求着热闹，和他有相似之处
也有大不同，还记得他曾经的场面
也有本质联系着的处事方式
他即使不甘于冷清，也没有心力了
当年苦苦得到的是附加物
必将被抽走或者朽坏，回到了原来
回到了自身该有的状态
终归没有选择躲开，躲远
被扯拉进来，或者就愿意掺和进来
有无奈，也有些许安慰
提起他的人，需要他来陪衬
他把这看成自我存在的延续
为此他只能接受，敌意多于敬意的展显
而那些探出洞穴的面孔，还没有意识到
将来的霜降

一个学僵尸蹦跳的人

他伸直双臂,张着嘴
双脚齐跳,出现在人们面前
对,他经常这样,把肉身
借给清朝的太监,一定会得到笑声
而不会带来惊吓,大家不会意外
却会以鼓励的眼光观赏
真为难他了,实在缺少引人注意的方法
而写字间的那个尖下巴的女孩子
估计有对象了,也许还在犹豫
于是,这个夸张的场景
在老银幕上完成了表演后
现在是重现,还是二次表演
都不重要,反正只有活人才能担当
这也不能持久,他的肢体总要安静下来的
恢复常态又归于平常后,还意犹未尽
又突然做出了一个吃人的表情
这以前没有,这倒把我吓了一跳

一个给我打招呼的人

走路上,一个人给我热情打招呼
我也回以微笑,摆手
可是,我不记得我认识他

还有一个,也是陌生
他却和我说了一阵话,才告别
我同样不能确认,和这个人有过交往

这样的场景,让我尴尬,懊恼
我待人不冷漠,记性还过得去
怎么就想不起来呢

也许曾经关系密切
也许在某个场合,情同手足
可这么快的,我就忘记了
脑海里没有留下一点痕迹

我经历过的人事
原来清楚,原来很在意
却这样失去了线索

这样的空白，一定还有许多
如今，就连是什么原因造成的
　　我都不知道了

一个以身撞树的人

麻黑的清早,一个人在剥离
把身体里的硬物,搬出来
又收回去,一个人把一棵树木
当成了替身,一定是一棵大树
每一下撞击,微微地震颤
都实现了,和树木的重合
树木里有冰冻的湖面,发生了碎裂
树木里有深渊,黑翅膀的怪鸟
受惊飞起,一个人用后面的身子
用肩,用后背,验证着骨质的密度
也强大了内脏的循环,这一天
一个人突然增加了拿脚蹬的动作
几片树叶落下来,最大的一片
盖住了一个人的脸,盖住了
一个人的生前

一个叫小惠的人

小惠,额角的瘢痕
来自童年的火焰
那些年,小县城的浪荡少年
时间多余,情欲苏醒
我和你坐在石桥的护栏上
整夜都在唱歌
石桥旁的院子里
长发的女子,一定听见了
却没有搅乱一地月光
那就狗一样游走吧
身上没有钱,廉价的纸烟
熏烤着斑马线
把青蛙踩出一声巨响
把独行的人从后面撂倒
也学着说兰州话,这在家乡时髦
你说得比我流利
尤其是骂人的话更觉得过瘾
那些年,我一次次从家里溜出
愿意和你在一起
一天不见,像丢了魂
小惠有一间泥屋
也是我的避难所

飘在高一二班的上空
飘在变声期的暗影里
我还得回去，继续听父母的唠叨
心事在枕头上加重
也更加盼着离开
哪怕跳进黑窑，哪怕撞上南墙
我也不在乎，我也接着撞
直到我去了远方的大山
才割断了虚幻的绳子
才进入另一扇磨盘
小惠，后来我打听你
才知道你进了监狱
你把公家的电视机卖了
也把三年的光阴
拉长，并在以后接续
我恍然我的离开
才没有复制相同的脚窝
我有时觉得，我是你又不是你
在孤独的井架下，我挥动吊卡
我的身子很瘦，影子更瘦
我身边的山坡，曲线清晰
我身边的河水，声调肥美
我偶尔想起你，更多的想起亲人
不知谁把谁，埋进了
深浅不一的感伤里

一个节食的人

对于身体的厌倦,胜于对食物的厌倦
或者说食物产生的诱惑,胜于美色和金钱
"今天又吃多了!"这样的抱怨
换取加害自身的决心,也获得拒绝筷子的理由
长期的挑剔和苛刻,已经使开始的晕眩
转化成固执,偏执,转化成暴脾气
转化成失眠和臆想症,再发展下去
自然就成为艺术家了,丰富的肢体动作
和夸张的表情,是真是假,真假难辨
语言也是食物,空气也是食物
在口腔控制的范围内,欲望的器官
缺少了碳水化合物的维持,反而生出了许多
尖利的牙齿,咀嚼着体重的刻度
最大的满足,是一觉醒来
身子里装着空气,轻微移动
就漏气,拍一拍
就贴在了墙上

一个伤害过我的人

这辈子，我不会原谅的人
只有一个，就是我信了基督教，信了佛教
也不原谅，到我死，也不会的
说人心隔肚皮，我看可以隔一座山
隔一个地狱，是的，这是个女人
我认识她，交往，关系密切
到被侮辱，没有自尊
都来自于这个人的赐予
过了七八年，我都能和当时一样
感受到脖颈上和睡梦里的绞痛
心计，算计，预设的陷阱
半夜电话里的谩骂，邮箱里突然多出来的魔鬼
口说感情，历数付出
而金钱是万能的，最后的底线
往往要在这里体现，但并不意味着了结
就在昨天，我以为再也不会出现了
她却带着头像，给我发信息
似乎没有发生过，那些熬中药一般的场景
似乎报个数，又可以开始
往事历历，伤口再破
我不会再搭理了，不会再幻想了
这个人的好与不好，都不再被我关注

即使我无法遗忘,即使我牙齿咯咯响
我只是远离她,她对我做的
我不会做,过去不会
现在也不会,但这并不是说
我沉积在心的怨愤,就可以挥发
就可以消失

一个猥琐的人

到哪里,都有这样的人
厌弃他,疏远他
他都在,躲不开
或者,他的故事
传进你耳朵,成为酒桌上的话题
他是鼻涕,是臭虫
穿的新衣服,刚买的提包
都散发腐烂的味道
和他来往的人少,他知道
也在意,却不能改变
这个人,是一个单个的人
也存在于我的体内
只是程度不同而已
有时能察觉,有时装不知道
实际上除了猥琐,这个人
不占别人便宜,也没有
在背后议论他人,走在街上
经常给乞丐零钱,走进庙里
总要磕头烧香,他能做到的这些
我没有做到

一个爱抖腿的人

一个人,只要坐下
就开始抖腿,在人多处
更是腿抖不停,腿抖得波浪一般
像是有什么卡在里面了,要抖出来
也像在转移,内心积累的物质
抖出一地鸡毛,抖出秋天的落叶
抖出一场风,吹过菜市场
抖出一场雨,淋湿清明
也在抖陈年的关节炎和风湿
抖垫圈的胶皮抖松了丝扣的螺丝
这么抖着,既是出于下意识
也是在支配,部分神经和骨骼
抖腿的人,似乎要把下半身
分裂出去,抖腿的人
有一天,抖出了一列冒烟的火车

一个迟疑的人

显然和这个时代,有些不合节拍
即使喝一口白开水,也要打量一番
对于路上的一片叶子,一只蚂蚁
也要后退半步,也要判断真伪
在爱情面前的停顿,失去了爱情
在雨伞面前的折中,淋湿了头发
在一阵风到来时,也犹豫
风力会飞出刀子,却使一张纸片
在翻动之前,发生了多次转身
并直入云霄,似乎自身就有升降的
绝对动力,你依然放慢自己
犹如草坡上甩尾的马,犹如井口的铁锈
堆积在岁月的外围,不马上决定
不立即表态,不迅速行动
你就这样错过一次春天,三次外遇
和登上崆峒山,并遇见神仙的机会
你从不后悔,知道新鞋子夹脚
也知道老炕容易烧热,你有你和万物共处的方式
就是保持距离,即使是自己的睡梦
也要在没有月光的夜晚,乘坐地铁
才能在下一个站点抵达

一个激愤的人

对整个世界,都敌视
并且,不打算妥协
在口头抗争,也仅仅停留在口头上
还要指责,一个过路的人
为什么不生气,这个人
牢骚激烈,情绪亢奋
随时准备跳起来,哪怕这阵子
吹着和风,不用寻找对手
任何事物,都有罪
都不干净,这个人
把其中一面,在网络上
充分展示,和现实的人
是两个人,和那个沉默的人
见人就微笑的人,热情倒水的人
是两个人,就是这个人
假如挪动一下屁股的位置
很快就平和下来了,很快就和
另一个自我,重合了

一个看着像小偷的人

每个人的心里
是否都有偷窃的欲望
又能潜伏多久？

偷偷天换日的人，才会被崇拜
小偷，人人都憎恨
也提防自己被偷
卑微的财富
不会藏得很深

公交车上，一个像小偷的人
引起了我的警惕
我捂了捂口袋
虽然里面只是一团发皱的手纸
而这个帽檐遮脸的人
也把身后的背包，挪到前面
还拿手护住

都要留神自己的物品
不要丢失，哪怕是一段多余的日子
一次，在拥挤的车厢门口
一个急于等车的人

扑向空着的座位
却让身后突然空了出来
一只悬空的手,还没有来得及收回
僵住了,捏拢的是几张纸币

当事人不知道,看见的人
和这个看着像绅士的人
都有些尴尬——变戏法的提前泄露了秘密
我有些紧张,有些兴奋
也惊异,只要不动手
很难看出谁是小偷

一个透支信誉的人

不是骗钱的骗子,也没有假话连篇
只是为了和别人不一样,为了引起注意
其人格特征,是非观,爱憎
都和常规相反,都是奔着黑路去的
快崩溃了,快毁掉了,快消散了
却还在那里撑着,注射了铁水似的
快冷场了,快卸妆了,快关门了
却围满了叫好的,起哄的
却有那么大的阵势,就像杂草长满了荒坡
说是疯子,说是神经病,说是狂人
都不是,只是有一次
站在餐桌上,掏出了生殖器
显得过于出格,多数情况下
认得红绿灯,也知道雨天打伞
只是在人多处,在特定场合
就换了一个人,不知谁是谁的替身

一个吹笛子的人

一个吹笛子的人
身上挂满了笛子
走在大街上
边走边吹笛子
似乎他是一支行进的乐队的成员
似乎他是最出色的笛手

吹一支春花开了
吹一支白云下面
吹笛子的人
走在春天的前面

啊,有一个人停下了
有一个人被笛声吸引
吹笛子的人也停下了

吹笛子的人说
来一支笛子吧
你要是不会吹
我三分钟给你教会
三分钟,就成了一个笛手

一个人

吹笛子的人
身上的笛子
还是那么多
吹笛子的人
忧伤在心中

一个隔些日子总给熟人讲同样故事的人

一些经历,一些人事
和熟人聊天
就会说起
隔些日子,又说到了
共同的话题上
说起这些,像是头一次说
有时说过之后
才意识到已说过了
就是对同一个人说的
也意识到记忆里记得最牢的
和这么轻易就忘了已说过之间
这巨大的反差
一定存在着平衡和互补的关系
有时说上几句
就意识到已说过了
却不愿中断
还接着往下说
哪怕和上一次说过的
一模一样,哪怕

连自己也觉得这已经没有什么新鲜感
这似乎在测试自己的重复能力
也考验着对方，倾听的耐心

一个画了许多幅自画像的人

一个画家,画自己
一辈子画了多次,每一次
都一样,又不一样
不光是年龄的变化
的确是自画像
的确不是他人,不是替身
也不是模特,甚至
不是从身体里走出来的那个
无需参照物,无需点缀
就是自己,就是我
一生的伤痕,一生的失败
都没有摧毁,那犹如从星空探出来的眼神
的确,表情干结,粗楞,有硬块
背叛着这个世界,绝不和解
但没有仇恨,没有报复的念头
这得用掉多少勇气
把这变成一个过程
每一笔油彩,都不是涂抹上去的
不是覆盖,不会遮蔽
只是把活着,记录下来
也把死,记录下来
不是静物,也不是固态的

一定有大河，在其间流淌
要注视多久，才能把
身体里残余的光，全都榨尽
来显露命里的山水
显露那些波纹，和粗糙的部分
似乎在说，这就是
生命的全部，不能再多了
但绝不缺少，存在的力量

一个气场强大的人

有一个人,相貌平常
每次见他,看不见的气息
包含着推力,正是这个人发散的
我觉得振动了一下,脚下的泥土
似乎也在起伏,我知道他的职业
不是特警,也没有习武
更不会练功,只是喜爱游走
特别是险峻处,人迹罕至处
更抵达了大江大河的源头
也读书万卷,中外的都读
深夜读,旷野读,大风中读
却极少谈论,如同秘密的矿藏
我猜一定得到了滋养,一定吸收了
自然的精华,领受了天地的教导
我相信,这是他气场强大的来源
我第一次见他,还不认识
就被吸魂般震摄,后来熟悉了
我愿意接近,更愿意拉开距离
在他有限的著述里,阅读,沉思
这时候,过路的风
都放低了声音,这时候
鬼怪都不敢过来

一个给树上刻字的人

树上刻字,树也会疼
树先不疼自己
先替人疼

一片树林,杨树
高瘦的身子
白桦,高瘦的身子
白桦身上,包裹了一层纸
银色的纸,似乎适合书写

有人写下了咒语
树木会做噩梦的
更多的是情话
有的还画了两颗重叠的心
树木也有这样的心
让这两颗心,充满汁液

我看见一个小伙子了
神情忧郁,在树上用力刻画
树似乎想提醒他
别失手划伤了手指

他离开了,也许忘记了
树上的字,牢牢的
随着岁月,加深
树也失恋了一次
一直在铭记

一个挑食的人

从小到大,光吃清水面条
吸收再多的淀粉
身体也是肉质的

不吃葱、韭菜,适合
安居佛堂,却顿顿吃肉
狗肉也爱吃

不吃牛肉,一次一个人吃了一锅
吃伤了,吃了呕吐
吃别的都能习惯

极端者我遇见过一个
什么肉都不吃,鸡蛋也不吃
看着像肉像鸡蛋的蔬菜也不吃
干不成体力活,常常昏倒
他是人里头的另类
只限于在吃的方面
为了谋生,他开了一家餐馆
亲自动手宰羊
刮鱼鳞,刀子咔咔响

　　　　一片菜叶,能杀人于千里之外
　　　　这个切割海参的人,多么高贵
　　　　多么有教养,应该不会产生是在吃同类的联想

一个卖麻子的人

他卖了一辈子麻子
以前,麻子装在笼筐里,他蹲在后面卖麻子
后来把笼筐搁在架子车上,他坐在一个长板凳上卖麻子

麻子,就是纺线织麻的那个麻,结下的籽
在这个地方,人们都喜欢嗑麻子
人们不嫌麻烦,不嫌麻子小,不嫌麻子肉少
那一点点的油香,可以让人上瘾
也把无聊的光阴消耗
嗑麻子的高人,可以把一把麻子扔进嘴里
麻子壳沿着嘴唇滚滚而出

没有电影院时,他在桥头卖麻子
桥头往来的人多,有了电影院
他在电影院门口卖麻子,人们买上麻子才进电影院
嗑麻子的沙沙声,似乎在给电影配同期声
电影院倒闭了,他也不换地方
没有人他丢盹,有人买麻子他立刻能醒来
买麻子的人都能找见他
他只卖麻子,没有别的
他是做买卖最专一的人

这个县城由一条街道，发展成四条街道
县政府的大楼，也迁建到了城西的高地上
由一家商店，繁荣成了一排又一排商店
由三家卖面、卖清汤羊肉的餐馆，演变成酒店，酒楼
演变成川菜，湘菜，粤菜，小饭馆都进了小巷子
还出现了歌厅，咖啡屋，按摩店和洗头房

他还是卖麻子，还是冬天穿黑棉袄
夏天穿黑夹袄，还是在嘴上噙一个旱烟锅子
还是不吆喝，还是不冷不热的表情
只是他的腰弯了，他的胡子白了
眼窝里，常常聚满浑浊的泪水
那是常年在外头，吹风吹的

吃他麻子的人，有些死了
活着的还来买麻子吃，新生的也来
吃他麻子的人，没有减少
似乎还在增多，他的麻子
在一年一年的更替中，不是被保留了下来
而是无法消失，当地人改变了许多习俗
丢掉了许多习惯，依然离不开麻子
没有麻子在舌尖上滚动，活着都没有意思
卖麻子的老汉，是过去的延续
是现今生活中，一个细小却顽固的章节

一个卖菠萝的人

四月，北方和南方串通
菠萝来了，坐火车来了，坐汽车来了
哪怕有过杀人的念头，也要经过转换
然后推着三轮车上街，这样的话
水果就从脑子里，跑到了刀下
新鲜的菠萝，和南方同步的菠萝
是土里长出来的，是架子上结的
还是挂在树上的，都不重要了
失业已久的人，有了新营生
有了挥刀的轻快，也有了
隐姓埋名的眼神，裸体的菠萝
挖掉毛刺的菠萝，香味被盐水驱赶
飘荡在空气里，降低了整个城市的犯罪率
也让路过的人，怀念起遥远的初恋
留下的第一次鲜血

一个补车胎的人

立交桥下,巨大的水泥桥墩
竖立在往昔的记忆里,宽幅的桥面
横着越过,城乡结合部的废墟
震落的土尘,弥漫的是新时代的气息
你如同包袱一样松软,怎么支撑
弯曲多于直立的身躯
在飞行器的一次次清理中,该消失的
都消失了,你似乎是幸存下来的
是多余的,也是例外的
疤痕一样,遗物一样
却显得有必要存在,也有必要出现
以前的平常,如今的异类
无论在一张纸上,还是在一块铁上
包括自备午饭,一个小炉子
坐上钢精锅,煮面,下青菜叶
脸盆里的水脏了,接着用
补轮胎,换链条,一天里总有几回
不多也不少,像是从别处匀出来的
也像是拖延到遇上你,才停下
和许多年前一样,你风雨里也出来
出来就是全部出来,黄昏了才回去
回去就是全部回去,离开后

夜色下残留下的一滩油渍，如同一个记号
不是在提醒谁，也不能为日月
在正面和反面的变化
提供证明

一个脸上有疤痕的人

他脸上有一道疤痕
在左眼下方,并不明显
和他对视,我也很少留意

一起外出,已经三次了
在火车站,他被警察叫住
查身份证,还询问别的问题
他的那道疤痕,看着像刀疤
这让他成为怀疑的对象
但每次都没有变作有案底的逃犯

他给我说过,这道疤痕
是小时候玩耍,跌倒在地
被一块玻璃划的
我还知道,在我们单位
他怕老婆出了名
还不敢杀鸡,不敢走夜路

总是被警察盘问
知道的人多了,开始还开玩笑

渐渐发现，他的脸上多了凶相
那道疤痕，看着也像是
在一场惨烈的火中留下的

一个爱出汗的人

冬天,也大汗淋漓
坐着,汗就出来了
皮肤的河床,遍布泉眼
流着,似乎要把身体
流尽,只剩下一把
柴禾一样的骨头

紧张,发热,激动,做噩梦
都是疏通汗腺的导管
无论谁,也会把咸味的珠子
挂在脖颈上
胖,虚弱,汗多
一次重感冒,也能在被窝下
逼出,毒性的汗液

你无需铺垫
汗水的阀门,不由自己控制
长流水,自喷井,涨潮
你的汗水,把衣服的后背都腐蚀烂了

你的恐惧在于,汗多的原因
难以查明,被自己的汗水淹没

你的挣扎是徒劳的
你逃不出你的水帘洞

有人说爱出汗的人
虚荣心强,联系到自己
你感到羞愧,一头一脸的汗水
把你想遮掩的给暴露了

一个学鸟叫的人

一个人和床板不亲,身子里
有醒着的鸟窝,天天都早早出去
外头没有人,外头黑
外头有鸟,在树上的,屋檐下的
还不起来,只有一种鸟
穿黑大衣,飞来飞去
叫声清脆,如夜晚的分泌物
一个人走着无聊,模仿鸟叫
开始沥青一样生硬,慢慢有些像了
后来逼真如一只真鸟,后来
就有鸟跟着他,还把鸟屎拉在他的头上
一个人没有忽闪翅膀,不过脚步轻了
似乎长出了鸟的肉垫,能测验
路面的弹性,嘴硬了
似乎可以啄食路灯,一个人
在天快亮的时候,说着鸟语
在练习爬树,扭曲的脖子就像一根弹簧

一个戒烟戒酒的人

烟酒有害,这谁都知道
对于一些人,身体需求一些毒,一些麻醉
上瘾的人多了去了
成了烟鬼,酒鬼
先不管定论,一口烟,一口酒
赶走了孤独,带来了兴奋
哪怕有些人抽烟抽出了肺癌
有些人喝酒喝成了酒精肝
还是有人接着抽烟,接着喝酒
有的人下决心戒烟,戒过几次
烟瘾更大了,有的人宣布戒酒了
下一次酒瓶子还捏在手里
确实有人戒烟了戒酒了
一个人抽完一根烟,把打火机和烟盒扔出窗外
一个人喝下一杯酒,从此滴酒不沾
可以说他有强大的毅力
能一个月不和老婆做爱也不和情人做爱
能把睡懒觉的习惯改成黎明即起
一个人只是说烟和酒,对于他是有定量的
已经用光了属于他的指标
到了一定的年龄段,不想抽烟了也不想喝酒了
没有烟,没有酒,一点也不难受

不抽烟的他，和抽烟的他
看不出区别，也没有不正常的表现
饭桌上端杯子，想起他戒酒了
说：以茶代酒吧
一个人远离了烟酒，重要的是一个人还活着
抽烟喝酒，没有要了他的命
让他有时间，做出自己的决定
被时光验证，戒烟戒酒前的潇洒
和戒烟戒酒后的正确

一个改变生活习惯的人

突然倒着走路,脑后长出马眼
能看见蚯蚓的前世,看见天上的树根
这似乎受到了春天的暗示
连着一个月不吃饭,没有饿死
连着一个月不说话,也没有人搭理
这个和印度洋的气流有关
穿衣服邋遢,经常少穿一只袜子
有一天变光鲜了,并没有发财
金字是牛粪,草垛上还在
还没有进行第一次转化
原来刚买回一身新的就上身了
就眼睛花了就蹲在墙头上看星星
流浪狗生气了,往鞋面上尿了一泡
真理也会蒸发的,世上的道理,都说完了
那些创新的,都拿着旧铁皮
来自元朝的马镫,一条道再宽
也有拐弯的时候,怎么就不能在买东西时
不刷卡了,也不签单了,付现金
剩下的硬币,不装口袋里压在褥子下
床头原来朝北,改成朝南又改成朝西
窗户上面向马路的圆镜子,翻过来
照见杀气,也照见了一朵花正在开

等着全开也能等住,一把年纪了
闲时间多于忙时间,少年时拔腿毛
现在挠头,好久没有洗头了
一片片头皮屑,纷纷扬扬落下
在地面上,拼成了一幅相亲的图案

一个走着走着不对劲了的人

一个人走着走着

突然跳起来

挥手击打头顶的树叶

一个人走着走着

猛地一停

摇晃着头在原地转了一圈

一个人走着走着

大张着嘴

唱响了流行歌的一个句子

都是在无人的路上

人少的路上

有的还会扭头看看

看有没有被人发现

脸上略带羞涩

一个人似乎没有缘由

挣脱了一下

放纵了一下

一个人似乎脱离了本来的轨道

很快的
一个人就开始收拢了
变回已有的样子

我也曾有过这样的失态
那是在很久以前
走在路上，我偶然的冲动
已经丢失了

一个高古的人

要培养大胸怀,那得多长的尺子丈量啊
在山顶,目送一只鹰远去
拍拍衣衫上的尘土,佯装身后无人
不感叹,只是沉稳,这样的神情
再合适不过了,也不完全,偶尔为脸上的露水
露出牙齿,有时张扬着风里抓来的羊皮
一定会表现出克制,和对自我的否定
再后来,修炼得高深了
据说已把江河滔滔,藏在手帕下
常常在暗夜,用毛笔小楷
抄写金刚经,书房里不贴
微博上展示,旋而又删除了
也以巧妙的方式,讽刺那些顶着线路板
赶集的瘸子,讥笑流泪的明星
有酒量却不喝,被女人喜欢总是庄严相
世道人心早看透了,不说胜万言
大隐隐于市嘛,后颈上一根马尾松
再经过选择的场面上,总提前离去
也许云游去了,也许又闭关了
实际在街口的馆子里,一边抠脚丫子
一边在吃羊肉烩面,吃的汗都出来了

一个没有活够的人

一个人,所有人
活是必须的,死是必须的
忧伤和喜悦,都不能改变

发生在迟早之间,漫长也好
一瞬也罢,活是一部分
死,并不属于另一部分
两部分无法分开
活着,被死的影子带领
死了,有活的影子跟随

在我的活着里,也替许多古人活着
在我的死去里,为我活着的新人
一定会少而又少,这我不必在意

一个人没有活够,从棺材里爬了出来
家里人正忙着给他做饭

一个卖房子的人

在凤城二路,有一个卖房子的自由市场
这里的房子,装在口袋里
挂在舌尖上,似乎是可以压缩的房子
可以拆卸的房子,可以融化在唾液里的房子
有一百多个人,分散在这一带的路口、人行道
除了要饭的和流浪汉,除了背书包的学生
无论谁过来,一边说要房子吗
一边递过来一张广告纸
房子很值钱,却让人产生红薯价的错觉
似乎这房子是积木的,塑料的
是画在纸上的,是变戏法变出来的
推销房子的,女人多,年轻人多
看上去和街边摆地摊的,和推着架子车卖水果的
没有多大区别,虽然在城市的栖身之地都是临时的
城管来了还得拿着成片的房子躲避
但他们都有雨水般的热情和窗玻璃般的期望
有时往来的人少,他们就坐在花坛的沿子上
或者蹲在地上,像是社会闲散人员
其中一个也在推销房子,是我在一家餐馆吃饭认识的
他那时是服务员,他还洗过车,当过保安
我每次路过,都给我发一张
他发出一张一张广告纸,房子似乎排着队

找到了买家,真的房子
似乎用推车就推走了,手提着就提回去了
他得到的满足是失去了又拥有拥有了又失去的满足
前些年,这一带推销房子的人少
有人递过来一张,我收下一张
虽然走出不远,我就把广告纸扔进了垃圾箱
扔饮料瓶,扔果核那样扔掉了
像是把房子扔进了垃圾箱还不觉得可惜
现在我只是快步走过去,而且把双手藏在身后
要不然我的手里就满了就拿不下这么多房子了
不过遇见我认识的这个小伙子
我还是会拿上的,而且还会给他一个微笑

一个贴办证小广告的人

还没有学会隐身术，不过
袖口里的暗器，源源不断
在太阳下发射，公交站有运送的功能
你贴在站牌上的纸片
就是一处可以抵达的地名
那里的人，在习练各种武术
杀伤力强大，能攻陷铁皮的档案和庄严的表格
虽然这粘性的字体
也出现在脚下的马路上，公园的凳子上
甚至厕所的门板后
大众的狂欢，就应该无处不在
清除是少不了的，清除是周而复始的
对付清除的办法是无法清除和清除不了
持续的坚持，使得你制造了这个时代最普及的符号
你的功夫有师承关系也来自悟性
多么富有魔力呀，经过你的手
登堂入室的身份如同旋转了一下按钮
肮脏和干净，在看得见的场面上
也在看不见的桌子下，经常互换位置
证件在飞，取代了翅膀
证件翻涌，淹没了口水
你还在四下出没

你的敬业和执着,天下无双
只要吃上一个简单的盒饭,就可以把月亮覆盖
那天我走过大街,我的后背上
也多出了一块醒目的印章
我打算向你表示敬意却不知道你是谁
而你早就忘记了曾和我擦身而过

一个满嘴脏话的人

这个人善良，就是喜欢说脏话
满嘴生殖器，排泄物
每一句话，都要带出前缀
收尾的话也要加上感叹词
赞美山水，夸赞同伴
都离不开口头禅
头一次见他的人，会讨厌他
在人多处，认识的人离他远些
为什么会这样呢？不知道原因
他也不打算改变，操！
咱就是一个粗人，操！
他这样看待自己，也不在乎
别人对他的看法
就在前一天，他把身上的零钱
全都给了一个乞丐

一个爱编谎的人

已成为习惯,张口就来
在南边说成在东边,在家里
说成在外地,酒桌上为不喝酒找理由
把乌鸦说成烧鸡,把猴子说成胡子
没有什么恶意,也没有伤害到谁
很容易就识破了,听也能听出来
熟悉他的人,可以从他的假话里
找出真话,也能从他的真话里
剔除假话,他沉迷其中,自我感觉良好
似乎这样他就能获得快感,而且
他也给大家带来了心里知道但不揭穿的快乐
连他的老婆,也分不清他的年龄
辨不出他的黑白,却更加关心他
时间长了,愿意和他交往的人
在增多,他的朋友在增多
和他在一起,人们练习了容忍度
也见识了舌头的体操

一个自燃的人

没有征兆,原因不明
一个人走在大街上的人
着火了,是自燃
火焰从内部发生
烧到了体外,衣服也在冒烟
这无法扑救,就是他本人
也控制不了这么大的火势
在火光里,这个人有些惊恐
也进行了挣扎
随后放弃了努力
似乎这是一次浴火重生
多少热量的转化
才会造成如此意外的燃烧
不是酒精,不是煤
没有扣住闪电的弯钩
骨头里积攒的磷也不多
就这样有了焦糊味
似乎再收回自我
似乎在销毁自我
一个人把世上的身子
当做燃料,烧五脏六腑
烧走路的腿脚

烧咬东西的牙齿
烧说话的嘴唇
烧到最后，什么都没有了
地上的灰烬，是衣服
衣服慢慢聚拢，膨胀，有了人形
又在大街上继续行走
消失在了人群里

一个让我不自在的人

没有骂我，打我
也没有抢我的吃的，没有
拿眼睛瞪我，可是
只要他出现，我就不自在
他要么离我很近，凑过来
哈着气，看我正看的手机短信
要么话多，说着说着
说起几天前见我逛街
还把手伸进脖子后面挠痒……
他使我觉得受到了冒犯，他的出现
影响的不光是我的心情
我的牙疼又犯了
却无法说他，一说
就觉得不是那回事了
我得忍受他
忍不住了，躲他

一个能藏住秘密的人

守住秘密的人,才能得到
更多的秘密,那一年
南山上一棵李子树,用腹语给我说过
烂在肚子里,如自己的脏器
这得在冰窖里冷冻过的人
才能做到,这样的秘密不属于耳朵
最后被泥土吸收了,泥土从此寸草不生
还有一些秘密,往往已经尽人皆知
当事人死也不揭晓答案,这导致难以得到确认
就像镜子,投射出了一束
耀眼的光,进入了另一个黑洞
持有这些秘密的人,能被选中
不是有多大的定力,而是石化了大脑
把言说交付给了选择性指认
之后,连本人也忘记了秘密的存在
并自我囚禁,深埋在内心的盲区
永远不再打开,真相就这样被磨平了
用可怕的沉默,把当下封堵
更使得后来者,无从考证

一个种花的人

我路过这里,正是傍晚
简陋的泥屋,门框是几根木棍钉的
没有窗户,凌乱的陈设
在暗黑里模糊不清
看着像是临时的,凑合的
一个人坐在门外,裸着黝黑的上身
脚下搁着一只粗大的茶缸
屋檐下,几丛花
开得新鲜,张扬
一种是西番莲,花朵比碗大
色彩要溢出来了
花朵和环境似乎不协调,也更加衬托出了
居所的破败,花朵却不在意这些
把一份天然的美丽,尽力生长出来
这个人却像对这些花不在乎一样
面容平静,和花朵的热烈
形成了反差,门前
夕阳的光,堆积了厚厚一层
我放慢脚步,看看花
是被精心饲弄过的,花下的泥土
是湿的,刚浇过水

一个见过飞碟的人

不是活见鬼
也不是看见了混世魔王的真身
像是巧合,偶遇
也像是被特意挑选出来的
谁让你收藏了那么多的望远镜呢
你不是通灵者,也没有特异功能
那个飞行器,从一万个人的头顶飞过
独被你发现,不是用脚掌上的鸡眼
你惊异地叫出了声,过了很久
才被他人听见,便只好从你的描述里
知道这个圆形的物体,发光的物体
悄无声息的物体,不是来自臆想
来自科幻小说第72页。而是来自:天外
对了,是星际的访客或者过客
是光年都来不及捕捉的另类
总之,你看见了,你说目击者
你可以场景重现,绝对不在中国的横店
可以在纸上画出具体的形状,一定不会画成电饭锅
也有不相信的人,还有一些人
把这当成了一个玩笑,你很激动
也很生气,为了让更多的人分享你的发现
你出奇的冷静和富有耐心

并回忆起一些具有说服力的细节
这些细节的荒诞和不合常理，恰好证明了
这只能是另一个星球的物体
人类的思维自然无法解读，而你不但锻炼了口才
而且还学会了通过辨认指出蝴蝶和毛毛虫的区别
你在睡梦里腾出地方，用于飞碟再次来临时降落
你讲述的次数多了，让人在惊叹你语言的严密和完整的同时
感觉到在地球上居住，已经不适合你
那个神秘的飞船，应该把你带走
而你在回家拿剃须刀和牙刷的时候，出于对人类的失望
也没有给邻居打一声招呼

一个说话不停眨眼的人

眼睛里,有一颗跳蛋
或者睫毛上,挂着钟锤?
多么的镇定和自信啊
一条真理的江河,能把
所有的质疑打翻
也同时得到了裁定话语的特权
别想着还有另外的路径
这是唯一的,设定的
这是一场地震也无法改变的
语言被编码,词汇经过了挑选
绝对的条文,铸铁的方块字
打字机就在舌头上
可怜的提问者,自己都感到了羞愧
可是,可是
为什么要不停眨眼呢
看,屋内都下雨了
看,旁边谁在做鬼脸

一个有罪的人

一生都在拼接碎片,强大的内心
有没有过暗夜的忏悔,有没有过
在另一个场景,选择相反
是的,谁也不能拿走你的自由
你可以过得很好,继续
做一个完整的人,无关的人
甚至,做一个,心安的人
从事内到局外的人,为你而伤的人
替你在地狱里绣花,能走的路不走了
能吃的饭,张不开口
能去的海滩,在地图上
你现在的舒适,你有毒的梦
和你带进尘土的秘密
既已公开,又深深隐藏

一个难缠的人

沥青一样黏着,知了一样鼓噪
而且还以为也和他一样
喜欢吃臭豆腐,喜欢骂名人
愿意耗费时间,天刚亮就出现在你面前
多亏没有跟你回家,电话一个接一个
觉得没有妨碍你,更没有伤害你
也没有意识到,你对他的讨厌
的确,没有花过你的钱
也没有在你的盘子里夹菜
同样没有,在人前人后说你的坏话
就是爱到你跟前来,和你说话
看你看什么书,上厕所也跟着你
你恐惧了,听见他的声音
也会慌乱,可是你躲不开他
想把话挑明,又抹不开面子
真要摆到桌面上,又觉得说不出一二来

一个高声说话的人

声音能跌倒，也能爬起来
声音有刀锋，在石头上磨
声音要跑得远，把退路阻断
山里人说话大声，走在夜路上
一定要呐喊，要是在老虎的肚子里
更应该放大音量，可是
我把耳朵装进口袋里，也躲不开
在这个本已嘈杂的都市
你似乎在对我说，似乎在锣鼓的跟前
有你的谈话对象，就在这一路的黑匣子里
我看到你的喉咙上火花闪闪
看见你既会射箭又会张网，你的姿态
与正确还是邪恶无关，也没有
让我认同的弦外之音，只是声音的强迫
只是语言的剧烈运动，我无处可逃
收到了一大堆尖锐的词汇，都肿胀了身子
都散发着腥气，而你强大的舌头
演讲家专用的马桶

一个经常虐待亲生孩子的人

有自虐倾向,折断自我的影像
从你的身体里延伸出来
是你的亲人,也是你的仇人
他的长大使你难堪
他长大的好与不好
都伤害着你的存在感
你丢失了走夜路的灯
也在跌入睡梦里的黑洞时
来不及呼救
可以承认失败
但不能容忍,这移动的镜子
对你的捉弄,吃素的你
依然偏好伤疤和淤青
也通过哭声而重现尊严
不要说你对冷热麻木
也别认为你低于猪狗的脚印
你的世界已经大不起来了
在你伸展腿脚的时候
掉在地上的是一堆假肢

一个做过器官移植手术的人

有人换了一个器官,还是走了
有人等了几年,等不到,也走了
他是一个例外
身上的肝,是别人的
头一个用了 15 年,第二个用了 8 年了
身上的肾,是别人的
用了 5 年了
他骑自行车上下班
早上吃牛肉拉面
晚上到环城公园散步
为他担忧的人
觉得他活不了多长时间的人
年龄比他小的人
身体健康不抽烟不喝酒的人
有的出车祸死了
有的得绝症死了
有的摔倒成植物人也死了
他还活着,在这个世上走动
说这是奇迹,奇迹发生了
活着,活下去,在他面前

死神羞愧，死亡失效了
他用活着见证了活着
他用活着本身，向活着屈服

一个宣称得到高层器重的人

他总是很神秘,包括暗夜走来时
随他的手甩动的,红色的烟头
常会把一个人叫到一边,说这个事情
我只给你说,千万别外传啊
随后他又去叫另一个人,重复同样的话
而另一个人,已经从答应不外传的人那里知道了
但还是像头一次才听说那样,认真的听着
他外出时,夹着一个破旧的文件包
装的都是保密部门点名让我撰写的大政方针
关系到国家的大局和走向。能看上一眼吗
不,已被列入最高机密,一般人看了
会掉脑袋的。这样的话,认识的人都听到过多次了
他在普通的单位,上班不迟到,下班不早退
为少发奖金和领导争吵,在公共澡堂和人打架
吃面就蒜吃,喝水咕咕响
却爱在双休日出门,回来就说
今天又被专门接见了一次,大人物!
谈了一个下午,是深谈,其他人都回避
回来时派了两个保镖,都有绝技
一路跟着,确保我的人身安全
那咋不直接调去呢,看你多辛苦的
领导同志说了,我留在民间,更有利于

掌握第一手资料,以确保决策和思路的科学性
不过这是暂时的,不定哪天就要离开这里
他神经正常,头脑清楚,不像得了妄想症
他说的不像编的,还无法验证
开始有人相信他说的,后来没有人相信了
然后又有些半信半疑

一个玩陀螺的人

这个旋转体,像一个树桩
我小时候玩过,很小
叫兵牛,要不住鞭打
才不会倒下
这个人,有些岁数了
成人的游戏,适合于他
他的陀螺似乎在自转,过许久
他才上去抽一鞭子
脆响的声音,老远就能听见
早年的陀螺,和如今的陀螺
没有区别,要抽打
用鞭子喂食,给陀螺一些力气
只是这个人就悠闲多了
哪像我当年那样累,身子和陀螺
一起转动,他就实现了和陀螺的分离
甩动鞭子时,动作夸张
有自乐的成分,更多的是让旁边的人看的
是在得意洋洋的表演

一个跑场子的人

允许用分身术,在东城漂移
又到西城推拿,自然的
也允许用隐身术,说我不在我在呢
说我在又找不着我
我昨天见你了,我也见你了
五六个地点,不影响你穿梭往来
真是一身好功夫,在鞋子底
更在嘴皮子上,对了
这才是最重要的,既像带电作业
又可以和隔空传音媲美
每一处都记得你的出现:来晚了,对不住
好在没有耽误晚饭,也没有耽误发言
多么忙碌,多么充实
你的肉身疲惫而欢乐,你的名字
被众口传扬,还变成印刷体
比蚂蚁还黑还亮

一个叫脱稠的人

一个叫脱稠的湖南人,写小小说
文中一个官二代,用我的名字
我的姓稀罕,应该不是编的
我祖上不是种地,就是当工匠
没有出过吃皇粮的
我不高兴了,这不是坏我名声吗
我不认识脱稠,不可能和他有过节
上网搜,叫脱稠的很多
一个跳楼摔死了,还有一个被人追杀
我的气当时就消了许多

一个独处的人

一定有过特殊的原因
后来,在独处中爱上了独处
并磨练了耐力,耐心
可以在长流水里,变成方解石
可以一个人坐一天,失忆那样
但没有入定,只是关门那样
关上了感知外部信息的感官
一个人,不开灯,一个人坐到天亮
在亮光里,不发出声响
光的声响也就停下了
一个人喝酒,和喝水一样
这反而把时间的度数降下来了
不是由于孤独,才独处的
也许是看遍了热闹,才远离人群
身临节庆的广场,也是万物在外
和自己在一起,介意的是肉身
还是把另一个自我,单另了出去
不烦躁,也不癫狂,也不像
自闭症患者,就是要一个人
要一个人脸部的轮廓,要一个人清晰的背影
似乎在拒绝,似乎在坚持

一个人，把自己丢了
把自己找回来了，在独处的过程中
一个人需要低于人间的状态

一个爱喝白开水的人

是强迫的结果,也变成了安慰
源于寿限的延长和健康的保障
水分子的承诺,似乎有根据
那就喝,喝白开水,在家里
外出,都端着杯子
白开水每天都把他替换一次
白开水也替换了百病
没有替换白开水带来的烦恼,就是尿频
不过已经习惯了,夜里起来
临睡下再喝下一大杯,脸面浮肿
飘浮过海都有了尝试的可能
似乎喝下一杯白开水
生命册里就又增添了一笔,似乎看见
在一百年后,自己和那时候活着的人
在交换喝白开水的心得

一个有时会轻微摇头的人

没有吃摇头丸

没有脑供血不足

没有中风

更和衰老无关

也不是否定或者肯定

是一种姿态

尤其是在庄重的场合

听人说话时

就有这样的动作

在掩饰什么

还是暗示了什么

动作是轻微的

不明显的

却贯穿了某种坚持

某种狠

某种深以为然和不以为然

也像是有意松开几圈

皱纹的丝扣

重又拧紧

而把时光里的暖意和冷意

一起留存

一个经常到公园喂鱼的人

安慰自我,借助外物
鱼也有命,施舍一点食粮
却为了给自己转运,暴发户和倒霉蛋
都钟情这摇头摆尾的水货
我认识的这个,经常去公园
在翻腾的锦鲤前,一块块丢下馒头
认为是积德行善,也等同于放生
我说鱼类对疼痛的感知微弱,对饥饿也是
而且还记忆短暂,最多持续三秒
所以,记不住你的善举
据说鱼养大了,会被卖掉,进油锅
这个人说,我凭良心做事呢
似乎只要完成了喂鱼的程序
就完成了全部功德
神灵的本子上,一笔不落
也会在他此生和来生的路上
给予超量的回报
每次喂鱼,动作都很慢
持续的时间很长,似乎有一双眼睛
看着他,或者就是为了可能的目光
别把自己错过

一个画佛的人

他在画佛：清水，颜料
明目的最后一笔……
院子里的公鸡
也那么干净……

他的指甲缝里
尽是污垢，每一个指甲缝都是
苍蝇落在他的手上
落在，佛的脸上

他在画佛：清水，颜料
眼角的最后一笔……
院子里的公鸡
也那么干净……

他的心，那么干净……

他在画佛：就是把苍蝇画在佛的眉心
就是用汗水和指甲上的污垢，把苍蝇喂养

苍蝇，也那么干净……

一个骑自行车驮大气球的人

巨大的气球,悬浮在头顶
他用力蹬踏自行车
要把这庆典的物体,从城南
运送到城北,气球的带子
拴在自行车的后座上
和他保持了适当的距离
也增加了前进的阻力
一路上,气球像一个活物
跟随着他,缓慢移动
该歇息一会儿了,他在路边坐下抽烟
气球和他若即若离
却不能把自行车带走
不能和自行车一起升空
再次上路时,起风了
气球摆舞,自行车也摇摇晃晃
他下压着身子,努力平衡着方向
他就这么骑着自行车
愿意这么在路上骑着,即使有假设的可能
也不愿意骑到天上去

一个戴假发的人

对于他,假发不仅仅是装饰
遮蔽的,似乎还有其他秘密
不就是没有长头发吗
假发给他带来了出现在人面前的自信
似乎不真实的头颅,才属于他
一次有人恶作剧,突然掀掉了他的假发
那一瞬间,他双手护头
发出的惨叫,比暴露出来的光头
更让人惊悚,实际上
人们都没有看清,他光头的模样
听人说,他睡觉前,要关了灯
在黑暗中,换上一个白布的头套
——他的光头,连亲人都不让看见
他如此在意自己的光头
一直维持戴着假发的形象
直到退休赋闲,也未曾改变
他死了,不知是不是他的遗愿
遗体告别时,往火化炉运送时
也没有把假发取下来

一个走路总是背手的人

不是背叛自己,背着手
人还是在往前走,往老的走
往灰烬里走,往一小块泥土里走
也表示这一生,前头该空下了
值得伸出手,伸出双臂抓握的搂抱的
没有了,闲置的配件
多余升降机,不用拆卸白云和乌云了
看我背着自己,也拴着自己
就是金子在地上
也不弯腰了,也不受累了
甩着手走,扩着胸走
提着重物走,都有过
现在,只是把自己看好,看住
这具肉身,有些收缩
一些骨头凸显,一些骨头快磨平了
现在,火气小了
眼界也窄了,现在
一个人走,往无人处走
往僻背处走

一个不能回家吃饭的人

灯光在头顶，是家里的
照亲人的面孔，熟悉得有些显旧
吃饭一定会说话，说的不多
有时还会生气，不过很快就转移到了
高兴的话题，饭菜的味道
是平淡的，也是有味道的
餐具用了多年，吃饭的样子是熟悉的
咀嚼饭菜的声音，起身添一勺子米饭
似乎带动起了丝丝暖流
一个人，习惯了回家吃饭
没有觉得会有那么一天，会失去这样的相聚
却没料想成了真的，有一天没有回家
也许得一段时间，也许永远
餐桌旁，属于这个人的固定的椅子空着
椅子上，能看清天长日久才能坐出来的痕迹
用惯了而且喜欢的饭碗，也在碗柜里闲放着
一个人在什么地方，吃什么
端着什么碗，会不会想起
家里的饭菜，在别的时间
相隔的身子，难以互相试探心思
吃饭时，一定都在想，在吃着什么

吃不下去,也在吃着
一个人吃不上家里的饭了
这是痛彻的失去,不光连着肠胃
回家吃饭,这样的愿望
多么简单,又多么奢侈

一个住在井底的人

低于活着，低于死去，也低于
来生。这是城市的底部，再踏实
也得用身子确认一下。似乎还可以再降
可以再降。再降，就睡着了
没有用尺子量过，有多深，多冷，不用量
比外头强多了，还可以用夜晚
把四周涂抹得更黑，并修炼出独特的本领
青蛙那样弹跳，长出鱼眼，双腿蚯蚓一般曲张
人的形状，却在丢失，发现了这一点也不在意
头顶三尺有神灵，在这里无效了，这里魔高一丈
抱住什么都是抱住脚跟，抱住什么都是跌落
只会被这个底部托住，虽然这个底部可以再降
低于明天，也不停，低于这个时代，也不停
在这里安身的人，没有哭过，吃馒头咸菜时
还高兴。这一天过来了，这一天下来了
来到井底了，温暖是阎王爷给的，也是水泥钢筋的仁慈
拐弯的热力管线也有好心肠，尤其是在冬天
这个底部，不是水井，不是老家的，也不是坟墓
埋葬一个人，容易，在这里没有被埋
还能吸一口气，还能再闻一会儿身上散发不完的垃圾味儿
如果抬头看见月亮，就当是另一口井的井底吧
在梦里就可以上升了，孔明灯一样，带着亮光

醒来之后,还在这个底部,可以再降,再降
即使把底部穿透,也是底部的一部分,你是底部的人
你来到这里,就为了成为另一种人种,另一种人类
你害怕白天,不害怕黑夜,你害怕身子烂掉
不害怕眼睛还能睁开,似乎没有踩踏
没有往下摁你,还可以再降,再降
也会从冬天的雾霾里,探出头,把脑门上的皱纹
印在匆匆的车轮上,印在城市,那逆光的背面

一个做手串的人

我发现他沉迷于这项工作,而不完全是
出于兴趣,才如此投入
这是他的生计,也是他的信仰
成品摆放在夜晚的托盘里,只出售
不赠送,同时让我看到的
还有他的痛风,还有大碗的红烧肉
还有旋转的酒瓶子,这是晚餐吗
似乎开始得太早了,却已经
杯盘狼藉,他展示了原材料
以及切割,打磨,串接的过程
不仅仅是一件饰物,其中加持了意念
他能静下心,完成这一切
就像他自残一样,把高烈度的酒精
倒入体内,这是如何统一在一起的
我没有找到答案,欲望的放纵
和内心的收敛有无关系,我也难已探究
他用他选择的方式,把日子过下去
从中获得的失落和满足,都属于他自己
我只能旁观,而且无法给出一个合适的评价

一个打哈欠的人

他有些惊慌:没有熬夜啊
太出乎预料了,赶紧捂住嘴巴
旋即又默认了这个事实,便连着用手掌
在这个开合的口子上,拍打了
好几下,于是就发出了间断的回声
怎么表示歉意呢,面对一个
尊敬的话筒,竟然出现这样的失态
是的,面部的扩张和收缩
不论是被动的,还是主动的
还是下意识的,都意味着不耐烦
没兴趣,厌倦,这可不应该
他不知如何遮掩,更无法
用恰当的方式来解释,好了
好了,眼前这金属的器官
也受到了传染,已打算把
冗长的布道,提前三天结束

一个放生的人

忧愁打结,夜长昼短
慈悲之心,与其说先天预备
不如说是在这些年的波折中
才慢慢培养起来的
深知生之苦,向往解脱
选择的方式,不能违背天伦
也把一道美食的烹饪,看做
对于性命的戕害,这些年
常常从市场买回活鱼,来到湖边
把善念,具体为行动
这边放,那边捉,总有等待的捞网
掐算出了时辰,完成这些的
似乎是同一个人
离开何尝不是归来,水面滔滔
也是油锅,翻动的尾鳍
在肚腹里,也同样抵达了造化
这似乎抵消了一部分修行,却未能加重
内心的负担,更会找出恰当的理由
把这看成,天意的安排
倘若因果降临,一定不会
错了对象

一个恶心的人

他得体,优雅,初次相识的人
愿意赞美他,亲近他
和他交谈,我也心生惭愧
我咋就这么嘴笨,咋这么
缺少涵养,可是,熟悉了
却疏远了,大多不会直接撕破脸皮
还有些怕他,他在那里出现
气氛就显得有些紧张
他也意识到了,没有寻问过谁
也不是特别介意,人们的评价
似乎只有他,才能这样大度
而别人的胸怀,是狭小的
在人面前,在人背后
他是两个人,软刀子随时出手:
一个人偷情,另一个人
在整黑材料,还有一个人
屡屡对政府不满
这些传言经过证实,都来源于他
他却善于伪装,俨然局外
被他伤害过的人,和他并没有过节
也想不明白他这样做的目的
而对于他所谓的风度

从此平添了，一份厌恶
我曾敬佩他，相互还借书看
自从他在网上匿名攻击我多次后
已和他断绝了关系
他几乎没有长期交往的朋友
却像灌溉的喷嘴，总能延伸到
没有湿透的地界，一方面
他扩大着了解他的人，一方面
他扩大着憎恨他的人
他像个成功者，也像个失败者
对于如此和人相处，如此待人的方式
他似乎乐于继续，并能体验到
独特的快感

一个梦游的人

肯定不穿衣服,肯定在晚上
肯定会无声无息
如果有旁观者的话
如果在房子里转圈,倒不要紧
还要外出,这也不必慌张
就是寒冬,也没有发生
冻死的事件,迈开腿,任我行
知道路,知道回来,睡下
像是没有离开过,关键是
自己不知道,身体的搬运
似乎借助了外力,依靠的是嗅觉
还是别的感官,也难以考证
回到过去,再吃一次冰块
倒是不错的选择,但还未曾实现
如果到了火葬场,会不会被火化
如果去了天堂,会不会留下不回来
这都是巨大的问号,有一种说法
脱离的才是真身,只有通过
这种奇特的方法,才能剥离出来
由此获得短暂的自我,而彻底走失
则意味着无我,所以不用担心

不再回返，过不了太久
还是要和寄居的身体汇合
　而且看不出区别

一个屁多的人

说不许放屁,是不许说话
一个人大屁不断,无所顾忌
肯定不是领导
我讨厌我的朋友,怎么老丢炸弹
他屁股一抬,又放了一个
还说,响屁不臭,臭屁不响
在车流滚滚的马路上放屁,太嘈杂了
别人听不见,正好可以遮掩
乡下人说一个人常说:
娃是个好娃,就是屁多的很
我说朋友是不是上了年纪,人老了
才夹不住屁,也不在乎面子
朋友说吃五谷杂粮,不放屁是个狼!
有屁就放,可不光是让放屁
放了,也不会得到重视
走路上想放屁了,回过头
看一眼后面有没有人才放屁的人,善于克制
也懂得放松,一个屁联系着面子
甚至会要命,一个故事说家里来了客人
新媳妇背对着客人,弯腰在面柜挖面
不小心放了一个屁,客人没有介意
可新媳妇许久不见抬起身子,过去一看

拿别头发的簪子戳进了胸口，新媳妇因为一个屁
而死于羞愧，这都是老黄历了
教育不了人了，我说别人
难道自己不放屁，在医院看看去吧
动完开腔手术，大夫和患者最关心的
就是放屁了没有，不然还得
再挨上一刀，在家里都不敢放屁的人
活得小心而窝囊，拘谨而古板
如果在外面开一天会，回到家里
一定响屁不断，在人多处放屁
还不在乎，还是经常的
这样的人少，我的朋友算一个
我们交往几十年了，都把他叫
屁大王，他因为放屁而有些名气
就是放屁了又如何，也没有人
会真的较真的，老话说：
屁大个事，也不仅仅指放屁本身
就是在屁上做文章，到头来
一定先臭了自己

一个面容模糊的人

世上的人,别人看
自己看,自己看得次数多
五官都不雷同,走过光线
却留不下痕迹,一生过去了
没有被记住,多余的一样
不该来人间一样,却在劳动着
吃喝着,对于活着
是那么在意,也把愁苦
刻在了脸上
他长寿,能自己走
还想再活五百年
重复的日子,舍不得
愿意接连不断
天亮了能醒来,就是福气
这张脸,经过风雨的修改
也能还原到最初,皱纹
似乎是添加上去的,就是复制下来
也提供不了多少信息
死亡终将来临,这不可避免
接下来,只需一代人

就失去了线索
和活着的细节，连轮廓
也描画不出来

一个讨女人喜欢的人

躺床上一个人难受的男人,活该孤单
唯有他,邋遢,随意,长相粗俗
也没有多余的金钱,却从来不缺女人
有的女人为他哭泣,有的女人为他出走
我曾亲见,两个女人轮流和他拥抱
久久不愿松开,发热的双臂
一定有秘诀,一定有迷药
却难有答案,也找不到配方
女人就是喜欢,他就是能把女人征服
有时他把女人当神敬,有时又视为粪土
在女人面前服低的,遭唾弃
恭顺的,吃白眼
他让女人心里疼了,就不管了
女人反而跟上来了,他能给予女人什么呢
我终于发现,是快乐
哪怕是廉价的,本能的
却是女人最需要的,和他交往的女人
都知道他满身花草,反而没有了负担
贪图着一时的痛快,冲动着潜伏的情感

一个肚子隆起的人

几年不见,你的肚子
超出了体外,不光使你
看不见脚面,而更适合仰头
如果拥有世界的方式,以身体为边界
你的体积,确实使你有了更大的投影
还能吸收,餐桌意外的半成品
还能把热量转换为摇动的气囊
谁说填装的过程,不是运送的过程
你对于石头和砖块,有更多的截留
迷恋食物,也造就了单一的爱好
反过来被时间迷恋,并成功地营造了城府
和乐观的态度,对人还是对一根黄瓜
都是笑脸,拍打和抚摸
随身的这个浑圆,也让你有理由
为明天加餐,还有什么吃不下去呢
你的现在就是你的未来,都在胃袋里晃荡
你的拥有是实在的,沉重的
为此你喘息,流汗,更显得富有亲和力
遇见春天还是自行车,都会首先
用肚腹送出饱满的问候

一个装傻的人

如果打,肯定你赢
对方瘦弱,不用使出强力
也能拿走属于你的,虽然
不是他给予的,人形成的体系里
他居于上,你在其中
吃的饭常常一样,座位不一样
是服从者,执行者
如果互换,则会相反
这种可能,具体到你这里
已失去了概率,你虽然不是处处小心
也会无意间(这几乎难以避免)招惹到他
你被盯住了,你感到了压力
也找不下退路,你只能装傻
不解释,也不认错,表现的
就当没有发生过什么,又能看出
意识到发生了什么,这和装糊涂不同
一个是假装不明白,一个是
看上去不会抵抗,不会挣扎
但并不弱智和低能,只是涉及
纠结点时,才有口舌的丧失
通过如此方式,使得他不再穷追不舍
也能感觉到,不能突破你的分寸

而且不公开原谅你，但会放过你
并在事情过去后，还在最大程度上
保持原来对你的看法，一个官场上的朋友
一次酒后给我说：既然做不到
老子不玩了，就要学会装傻
许多情况下，装傻
几乎是唯一的选择，而且还能守住
仅有的一点尊严

一个名字不吉利的人

一个熟知易经的高人说,有的字
出现在名字里,会带来厄运
无论谁,等于把自己给地狱投送
一个字没有魔鬼的面孔,却能给一个人带来
摆脱不了的不幸,这似乎有些神秘
相信名字和幸福指数联系的大有人在
化解之法是有的,我认识的一个人
认为名字不吉利,十年间改了三次名字
似乎命运的曲折,都来自名字
而一个称心的名字,就能得到
上天的亲睐,不过的确奇怪
他人生的道路,越往后越顺畅
感谢名字的神奇法力,护佑他在险恶的人世
处处逢源,原来没有钱
都不敢在外面吃饭,如今
天天下馆子,开车撞向了大石头
车报废了人没受伤,在外嫖娼
导致离婚,接着找了一个年轻漂亮的
他因此成为研究名字的专家,许多人生下孩子
都请他起名,有的人倒霉不断
也找他换一个名字,犹如给不确定的未来
换一种充满希望的活法,只是他的好名字

没有把他陪到最后，有一天
他从单位办公室的五层窗户坠落，开花一般
头朝地结束了生命，有人说是失足
有人说是自己跳的，有人说
他应该第四次换一个名字，也许就会
躲过这一劫

一个爱管闲事的人

这样的人,越来越少了
见到的人,超过了两辈子
来往的人,交心的人
却数得过来,就是骂一架的人
也寻不下了,没那个心劲
也没那个场面了。走的天大地大
天黑了在自家屋檐下,过日子
在针尖上翻身。就是有这样的人
也没有多少机会,这里插一嘴
那里劝一把了
我想起以前单位上
总不缺少这样的人,这里看看
那里转转,那里有人,那里人多
就有他,闻见味道就上前
听见吹风就侧耳,敢大声骂
也爱讲理,不管讨厌
还是喜欢,似乎离不开
如今他老了,有时会坐在马路牙子上
眯着眼睛晒太阳,苍蝇在脸上爬
也懒得驱赶

一个会保养的人

八十多岁的人，真看不出来
头发乌黑，腰板笔直
看相貌，起码年轻二十岁
一口好牙，软硬都吃
走路能带起风
一个人出去，一个人回来
没走丢过
许多人羡慕，也讨要秘诀
他说，你们来不及了
他说，三十岁那年
就开始了保养：三个核桃五个枣
天天如此，每天不落
这不是脸上抹油，不是打针治病
是内补，是早早的
给身子骨打基础
是往命里头不停存钱
他说，人不能需要了才行动
不能不合适了再弥补
他的遗憾和伤感是
小时候一起玩耍的，都死光了
学校一起上过学的，都死光了
参加工作一起上班的，都死光了

一个伤了元气的人

元气是什么？摸不着，看不到
的确有，存放在身体里
又能够运移，在持续发散能量
拍电影为了表现，演员的嘴里
吐出来一个发亮的气团，喂给另一个咽气了的人
就可以救活，自己却摇摇晃晃站不稳
我认识的一个人，动了一次手术
只是在胸腔旁，开了拳头大一个口子
伤口愈合了，出院了，再没有发病
却走路缓慢，说话乏力
一个说法就是伤了元气，而且难以恢复
篮球打不成了，饭量下降了
对女人也失去了兴趣
看来元气是自带的，不能见光
尤其不能触碰，不然后果严重
可有时又难以避免，一次外物的介入
一次有意无意的打扰，就能把一个人
变成糟糠

一个爱吃鹅头的人

我第一次见到有人吃鹅头
是二十年前,那是一个新来的领导
单位食堂的菜谱上,从此就多了
一样奇怪的卤煮,我好奇吃过
没啥吃头,全是隔档,夹杂着木头渣
我第一次见到鹅,是三十年前
我同学家养了一只,能看门
追着我跑,鹅头是那么凶猛
看着不像一道美味,像装填了火药
爱吃鹅头的人,提拔调走了
鹅头也跟着走了,在外地的蒸锅里冒烟去了
那只掐人的鹅,早就死了
埋在树下,风吹树叶哗哗响
树上挂满鹅头,似乎在寻找目标
而那个领导吃下去的鹅头,虽然不会叫出声来
却又被抬高了吃下去的档次

一个推轮椅的人

几十年了,我又看到了
轮椅上,是她的丈夫
下巴的胡子,刮得干净
衬衣领子也干净
两个人,都老了
已经看不出年龄的差别了
我第一次见,还误以为
是女儿在照顾父亲,他和她
相差近二十岁,有一年
他中风瘫痪,意识丧失
她青春如水,看护孩子一样
看护他,几十年了
天气好的日子,就用轮椅推着
出来活动,我在经过时
有时听见,她低声哼唱着
一首古老的儿歌,几十年了

一个愤怒的人

一个人,说别的正常
说起诗歌,就出离愤怒
语言混乱,主题集中
脏话,恶毒的话连篇而出
爱太深,伤害也深
他连说人话都忘记了
诗歌把他毁了
他说着诗歌,却又离诗歌越来越远
已经不属于诗歌了
发牢骚的多了,有怨气的常见
他是罕见的,是脑子不正常吗?
不忍,发声,却偏离轨道
拔光自己的头发
他不是斗士,是疯子
他不是偶尔发作,人格分裂的行为
有时是持续的,有时是间歇性的
也不像有的人,也在指责
说出格的话,却不会陷进去
顶多只是给予冷眼,转过身
吃自己的土豆
几年了,摔了碗,砸了锅
他一直这样,诅咒也能成瘾

而他所憎恨的，却没有因此发生
丝毫的变化
他痛骂的都是官方的曲曲折折
似乎也知道更多的内情，原来
他曾在其间，有过一段打工的经历
始终未被接纳，成为具有身份的一员
他的付出与得到，隔了一道鸿沟
最后只得选择脱离，远在局外
心有不甘，成了一根棍子
以极端的方式，在污秽里搅动
发出阵阵恶臭，他已不觉得恶心
体验着发泄的快感

一个爱装死的人

一个人在家时,也突然倒在床上
停止呼吸,眼珠子向上翻
憋了不久,忙挣脱出来
体验到了,濒死的快感

孩子看他不动了,推了推
又推了推,也不像以往马上有反应
还是一动不动,孩子以为睡着了
要离开,才赶紧翻起身
后来又试验过多次,每一次
都被识破,换来的是孩子开心的笑声

设想过给脸上涂血
或捂住胸口,手上是一把刀
都太过恐怖,而没有实施

只是游戏,只是开玩笑
实际最怕死,有时还没有开始
就进行不下去了
自己先露馅了

也许那一天真的出现症状
而被认为在表演,反而耽误了救治
如果装死的人,真的死了
喜剧变悲剧,无法领受哭声
更不能当成阵阵喝彩

一个给铁件探伤的人

在车间里老去,他的骨节酥软了
铁件会累,也会受伤
何况他骨肉的身子,几十年过去了
他面对一个个铁打的患者,听一下
就知道肋骨是不是骨折了,如果手摸
能摸到发炎的盲肠,敲打是少不了的
直接就找到了病灶,那是发生在心脏部位的梗阻
也会借助仪器,但发挥作用的主要是他的经验
这不可替代,听觉,触觉,甚至包括味觉
都能进入铁件的内部,给予准确的诊断
而他自己,却对堆满腹腔的铁锈
不予理睬,也把腰上弯曲的钢筋
没有板直,一些铁件的伤病
转移到了他的体内,在夜晚发作
坐起来时,发出咯吱声
无法修补,也不能重新浇铸
按照他的处方,多少铁件再生了
他却走路摇晃,身子歪斜
坚持着要回到工作台上去,安静地待着
和伤口正在愈合的铁件在一起,哪怕变成一件
被遗忘的废品,也不离开

一个在街上大声念书的人

一个人站在街边
高高拿着一本书,面对往来的行人
在大声念
声音很大,特别大
比噪音都大
提高了嗓门那种大,目中无人那种大
没有人听懂他念的什么
他也没有打算让人听懂
他还在大声念
狡辩一样念,受罚一样念
敢打人一样念
那么不管不顾,那么底气十足
——他参加了一个培训
他在练胆

一个整容的人

我吃惊你的容颜
你是谁,是你本人吗
是那个风风火火的女人吗
七八年时间,你变成了另一个人
走街上照面我也认不出来
要不是朋友的婚礼,要不是敬酒时
有人介绍说出了你的名字,打死我
我也无法把眼前的这个人
和当年的你联系起来,当年
你那么爱出风头,那么有精神
只要是热闹的场面
都有你在张扬
你把你毁了,也可能怪自己倒霉
哪怕现在的相貌
还显得有些妖娆。你是你
还是,你不是你
那件事情的发生,对你
是切骨的痛,是愈合不了的伤口
你采购办公桌,收了商家的回扣
败露了,失去了工作
离开了单位,我再也没有见到过你
也许见到过,只是不知道是你

你似乎在和过去的你
彻底告别
不是为了潜伏,不是为了美丽
你整容了
你自己看自己,也是陌生的
你第二次,弄丢了自己的脸面
前一次不小心,这一次
是有意的。听说你过得自在
有兴旺的生意
我看不见你的内心
怎么给记忆整容,给过去整容
怎么把往事一笔勾销
人只有一生
你也是
你的一生出现了断裂
也还是一生

一个养神的人

公交车上
他在闭目养神
入定了一般,脱离了尘世一般
周围各色人等的活动
都没有影响到他的安然
车子在站点停靠,起步
他也不受干扰
大隐隐于世的高人啊
有一瞬间,快速从口袋里
摸出手机,飞快地看了一眼
又立马恢复了,之前的神态

一个跳锅庄舞的人

七八个人在公园跳舞
他最扎眼
身体失控,动作变形
不像在跳舞
像在捣乱

这个女的长得好看
舞姿优美,尤其是扭动腰肢时
脖子的那一阵小幅摆动
我都迷醉了

他就在这个女的身后跳
更显得夸张,滑稽
一起跳舞的人,似乎并不介意
跳得那么投入
那么忘我

他不是故意的
他是一个谨遵医嘱的
中风患者

一个跳楼的人

有人上到楼顶上去了
有人要跳楼了!

消息传得很快
一些人出来,在走廊上观看
更多的人,从窗户朝外张望
由于方向和角度的原因
许多人啥都没有看到
其中有一部分人,也跑出来了

我上班在这座老旧的
环形转楼里,都七八年了
从未发生过轰动性事件
早上来,晚上走,我已经习惯了
平淡的节奏

消防车来了
救护车来了
公安局的车,也来了
小小的院子里,停满了车
十几个保安,在楼下张开了大大的一块
蓝色的布罩

这么喧闹，这么拥挤
确实难得一见
最受瞩目的人
自然是楼顶上的女人
她坐着，也会站起来
她一站起来走动
都会引起一阵骚动
十几个保安，也拽着布罩
跟着移动

有人上去劝说
有人在楼下喊话
这个女人不为所动
暗中似乎潜伏着，看不见力量
在左右着局面，而局面快要失控了

突然，响起了孩子尖利的哭声
哭声越来越沙哑，听得我揪心
那个女人也听到了
她身子颤抖，犹豫了一会儿
自己从楼上下来了
事情的结束，和事情的开始一样突然
那个孩子，是她的女儿

整个大楼

整个院子的人

都松了一口气

一下子恢复到了以前的安静

倒显得有些不正常

至于那个女人是哪里的

她为什么要跳楼

开始没有打听出来

事情过去了,也就不再关心了

快下班了,我还要顺道到职工食堂

给家里买馒头呢

一个猝死的人

坐在公交车最后一排
车到终点站了
还不起来
也不发出一点声响
一个人死了
去了另一处终点站了
又似乎还在路上
似乎忘记了什么
忘记了把这具身子带走
一个人一动不动
由于死的突然
死的安静
连死神也没有察觉
更别说邻座了
只是奇怪
有多劳累,在车上就睡着了
没有人认识
面貌,衣服都陌生
也不知道来自何处
又要去哪里
一个人说死就死了
什么也没有交代就死了

会不会只是离开一会儿
　　又折返回来
并抱歉怎么忘记了下车

一个减肥进入关键期的人

他飞快地看一眼吃的

又躲避开

揉着肚子说

今天吃饱了

我看着他盘子里

只少了一小块的馒头说

一碗一碗,尽喝汤了

没见你吃啥

他拿起筷子

从桌子上扫过去

说,每一样都没少吃呀

他的筷子头干干的

我就笑

他舔了一下嘴唇

说你再说

我吃不饱都气饱了

一个说北京话的人

初中同学张小明
走了一趟
北京的远房亲戚
不光口音变了
我们一块儿吹牛
都是听他用北京话说北京
开始爱听,后来不爱听了
也装着爱听
我问这北京话真不真
张小明很生气:那您说上两句!
有人跟着学
张小明更生气:还要不要脸啊!
有一天买醋买成酱油,被他妈追打
张小明大声嚎叫,大声认错
我发现
他的口音,变回来了

一个独自回家的人

多热闹的酒宴啊
往回走
我独自一人

一个搀扶别人的人

他走路一瘸一拐
上主席台,到餐厅就座
由专人搀扶

许多年了
搀扶他的人
独自行走
也一瘸一拐

不是模仿
腿肚子里没有弹片

不知不觉间
这个健全的人
改变了走路的姿态
像是也需要搀扶

一个善于模仿的人

朋友聚会,到了兴奋处
　有的喜欢表演几下子
都比不上他:善于模仿伟人
表情,动作,语言,跟真的一样
　每次都引起喝彩,他也很得意
朋友们暂时忘记了,他日子邋遢
　还因为打架,坐过牢房
　　用领袖的声音
　　也没有挽回婚姻

一个并非穿越的人

一个中年妇女
一身绿：软檐军帽，帆布腰带，解放鞋
脖子两边，各吊着一根麻花辫
从地下商城，花样繁多的时装中间走过
不是穿越，精神正常
没有引起注意
——她在附近一家，叫革命公社的
餐馆上班，像偷懒溜出来逛的

一个活着就买了墓地的人

才五十来岁
杨冰泉在灞陵原
买了一块墓地
我说死还早呢,这么急的
杨冰泉说提前预备下
怕以后涨价
翻过年,再问他
说转卖了,赚了好几万

一个帮人喂狗的人

我帮人看管一条土狗
有好吃的,我一口,狗一口
我又不是顿顿吃好的
别的食物,我能吃
给狗喂,嗅一嗅,一口都不吃
我没有经验,不知道狗的伙食标准
一旦提上去,就降不下来了
十多天下来,胖狗变瘦狗
我有些担心,朋友领狗回去
是否能延续,以前建立的感情

一个混饭的人

一个活动结束,不安排饭
有人在约另几个
有地位的人
我也想请客拉关系
可我混得差,资格也不够
我脸皮厚,那就混饭吧
人数里没有我,跟着后面
不好打发我,虽然坐在尾巴上
我有机会就敬酒,还说了许多恭维话
还频频伸筷子,吧唧嘴
看着倒像个主家
埋单的人,脸色难看
总算没有发作

一个复活了父亲 QQ 的人

死去半年后
王群山的 QQ
在一个夜晚不断闪烁
频频和好友打招呼
把人吓的
难道在闹鬼？
是王群山的儿子
重新启用了这个号码
王群山生前做生意
不少联络人
都在这个 QQ 上

一个给肚皮上盖章的人

有的玩笑
开不得
一个同事
在财务科闲聊时
拿起核销章
在肚皮上
盖了一下
回家路上
被汽车撞飞
而那枚木头印
之后使用
不蘸印油
也能留下
血红的印记

一个不能近看的人

一个女人,三十出头的样子
身材惹火,我看见了
不会浮想联翩,上下班的路上
老是碰见,见过她的脸
一侧僵硬,一只眼睛是歪斜的
有时,和一个男的一起走
应该是他丈夫,依偎着,呵护着
甜蜜恩爱,我恶俗地想
不论咋讲,这女人前凸后翘的
也算占住了一头,男的不吃亏
当我知道,多年前
女的出车祸毁了容,驾车的
正是她老公,后来
见到这个女人,我不再乱加猜测了
偶尔和她的眼神相遇,我假装在看别处

一个喜欢指点的人

回老家,老婆开车
我偶尔指点,显得正确
老婆也听我的
长途漫漫,我累了
睡一觉起来,已经到家了
我知道,缺少我的提醒
老婆独自开车,照样能开
不过,只要我在车上
就得体现我的作用
虽然我没有驾照
也不会开车
——那我也是一个
高水平的教练

一个双腿弯曲的人

前面,一个老人
双腿向外弯曲
双腿之间
空出了一个大大的圆
听人说,狗能钻过去
人也就活不长了
我放慢步子
跟在后面,跟了一阵
我的父母
就有这样的腿型
直到埋进泥土
还是这样的腿型
才在我的梦里骨折

一个见识了外面世界的人

苦地走一遭
理解了
这里出来的人
为什么狠
为什么
要成大事
退不回去了
身后的路
都是死路啊

一个迷恋自拍的人

人就要火化了

有心愿未了

手指在动

放手机上去

按了发布键

又点了个赞

才变回僵硬

是碰撞前的

一段飙车的

视频自拍

一个长啸的人

我摸黑晨练
藉水两岸
长啸的人
像比赛
我走到跟前
不喊了
刚走开
又亮起了嗓子
如果凑近看
看不出
谁是发出那么大声的人
我在别的地方
也遇见过
叫个不停的人
不过这么多人
都在狂吼
只在天水出现
我只能认为
这里的人
一口气
又足又长
而这个人

在别人都停下来后

还在长啸

这个人

是转世的老虎

一个按时按点的人

我刚走近
他就说听着是你
他得了肝腹水
还早早出来
走路慢
我走十圈
三次超过他
想劝他没有张开口
他部队下来的
从企业的武装部退休
受过正规训练
做事按时按点
早起晨练
轻易不会改变
曾关照我打靶
真枪实弹啊
全脱靶了
他穿着制服喊着号令
那威武的样子
找不回来了

一个随身带着本子的人

世界这么快
你停了一会儿
拿出本子
站着也能写
云头上也能写
就是要留下闪电
就是要让签字笔抓鬼
一个个本子写满了
堆在时间的仓库里
来不及整理
似乎又完成了使命
你还在写
本子是你的刹车片也是你的加速器
你得跟着这个世界
有时在前有时在后
有时用文字和这个世界打一架
你总在刨根问底
带着疑问和困惑
你在本子里搬运石头
养小精灵
种彼岸花
画海岸线和星际线

你的本子里什么都有

唯独没有故乡

亲人的面孔也很模糊

你反复寻找

也没有结果

一个弃生的人

他红光满面
在外面遇见都在活动身体
并得到熟人夸赞
他会养生
起居时间是固定的
从来没碰过烟酒
啥肉都不吃
不过每天吃西红柿炒鸡蛋
说营养足够了
我开玩笑说图个啥
他的回答很有力:
图个健康!
确实如此
他连感冒也没得过
也把钱省下了
我也愿意精神
如此苛刻的自我约束
我做不到
更做不到的
是他的向善之心
他年年都在生日那天放生
满满一水箱的鲤鱼

沉浮在未央湖水面
能红烧多少盘啊
他严肃起来：
不敢胡说！
他在六十多岁突发心梗
电击救活
人整个垮了
也许想不通也许在后悔
他有两个自我
一个自我被在意了大半辈子
一个自我能做决定
竟然拒绝治疗
不吃药不再去医院
整天躺在床上
在等待一个结果
我去看他
已经全身浮肿
还保持微笑
他如愿以偿
终于走了
带着两个自我走了
——他选择了弃生

一个在晴天连声叫着童童的人

傍晚时分
他又在叫童童了
上次就把头伸出窗外
一声一声叫童童
嗓子都哑了
他得了老年痴呆症
晴天发病
光知道叫童童
那是他带大的孙子
在家里安慰他的童童
已经工作了
他不认得
他叫的那个童童
和小伙伴在外面玩耍
忘了回家吃饭